Über die Autorin:

Doro Ottermann schreibt seit vielen Jahren Mitmachbücher und Ankreuztagebücher. Sie liebt schlechtes Wetter und lebt deshalb gemeinsam mit ihrer Tochter in Hamburg.

Doro Ottermann

ungewöhnliche Ideen für wilde Mädchen

Oetinger Taschenbuch

MIX
Papier aus verantwortungsvollen Quellen
FSC® C015559

1. Auflage 2019
Oetinger Taschenbuch im Verlag Friedrich Oetinger GmbH,
Poppenbütteler Chaussee 53, 22397 Hamburg

Druck: Drukarnia Interak Sp. z o.o., Grzępy 50,
64-700 Czarnków, Polen
ISBN 978-3-8415-0615-3

www.oetinger-taschenbuch.de

Dieses Buch gehört:

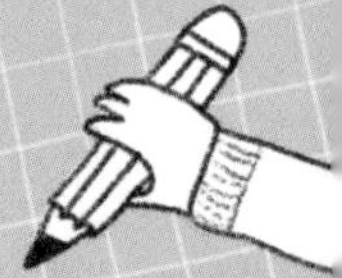

Ein kleines Vorwort

EIN Vorwort? Pah, das sind doch mindestens 78 Vorworte! Und klein sind die auch nicht!

Hallo!

Dieses Buch ist vollgestopft mit Ideen. Es gibt Ideen für drinnen und draußen, Ideen zum allein Machen oder gemeinsam mit Freunden. Ideen zum Basteln und Bauen, mit dem Hammer oder mit Farben. Laute und leise, saubere und dreckige, spezielle, einzigartige, wilde, lustige und schräge Ideen.

Das Buch ist also genauso **ungewöhnlich** wie du!

Und das Beste ist: **Du** bist die Chefin und kannst alles genau so machen, wie du es willst. Ziemlich super, oder?

Also: viel Spaß!

Hier noch ein paar nützliche Dinge, die du für die Ideen im Buch gut gebrauchen kannst:
jede Menge Stifte
Schere
Kleber
KLEB
Stöckchen
Bindfaden
Gummiringe
Kochtopf
Glas Wasser
Wollknäuel
Papier
Pappreste
Altpapier
Zahnbürste
Apfel für zwischendurch
helfende Hände
Steinchen
Zucker
Messer
Klebeband
Pappkartons

INHALT

AUGEN ZU und malen!

Das bin ich:

Ein Super-Monster:

Das esse ich gerne:

Mein Lieblingswetter:

Ein A:

Mein Lieblingsmensch:

Ein ________:

Anfangen

Ein ganzes Buch voller Einfälle, da weiß man ja gar nicht, womit man anfangen soll?!

Nichts leichter als das: Nimm deinen Lieblingsstift und male den Punkt da an. Los jetzt. **Zack, zack.** Und schwups, schon hast du angefangen.

(Und wenn du mal wieder nicht anfangen kannst, malst du einfach einen der anderen Punkte an!)

☒ Astronautinnentraining

Eine Astronautin...

☐ ...kann auf engem Raum schlafen.
(Mach ein Nickerchen in deiner Badewanne, natürlich OHNE Wasser.)

...ist schwindelfrei. ☐
(Dreh eine Runde auf dem Spielplatzkarussell und geh danach auf einer geraden Linie entlang.)

☐ ... kann langweiliges Essen essen, ohne zu verhungern.
(Iss mal einen Tag lang morgens, mittags und abends Haferbrei.)

☐ ... kann in ihrem dicken Raumanzug Missionen ausführen.
(Zieh deine dicksten Winterhandschuhe an und versuche mal, dir so ein Butterbrot zu schmieren und anschließend zu verspeisen.)

☐ ... ist topfit!
(Mach 10 Liegestütze, 3 Klimmzüge und 12 Kniebeugen.)

Astronautinnentraining erfolgreich absolviert am ________.
(Datum eintragen)

Ameisenachterbahn

Auch Ameisen dürfen mal ein bisschen Spaß haben.

So baust du ihnen eine Achterbahn:

Im Wald oder im Garten neben einer Ameisenstraße aus Stöckchen, Gräsern und Ästen eine kleine Achterbahn bauen. Anschließend versuchst du mit ein paar Marmeladenklecksen die Ameisenstraße auf die Achterbahn umzulenken.

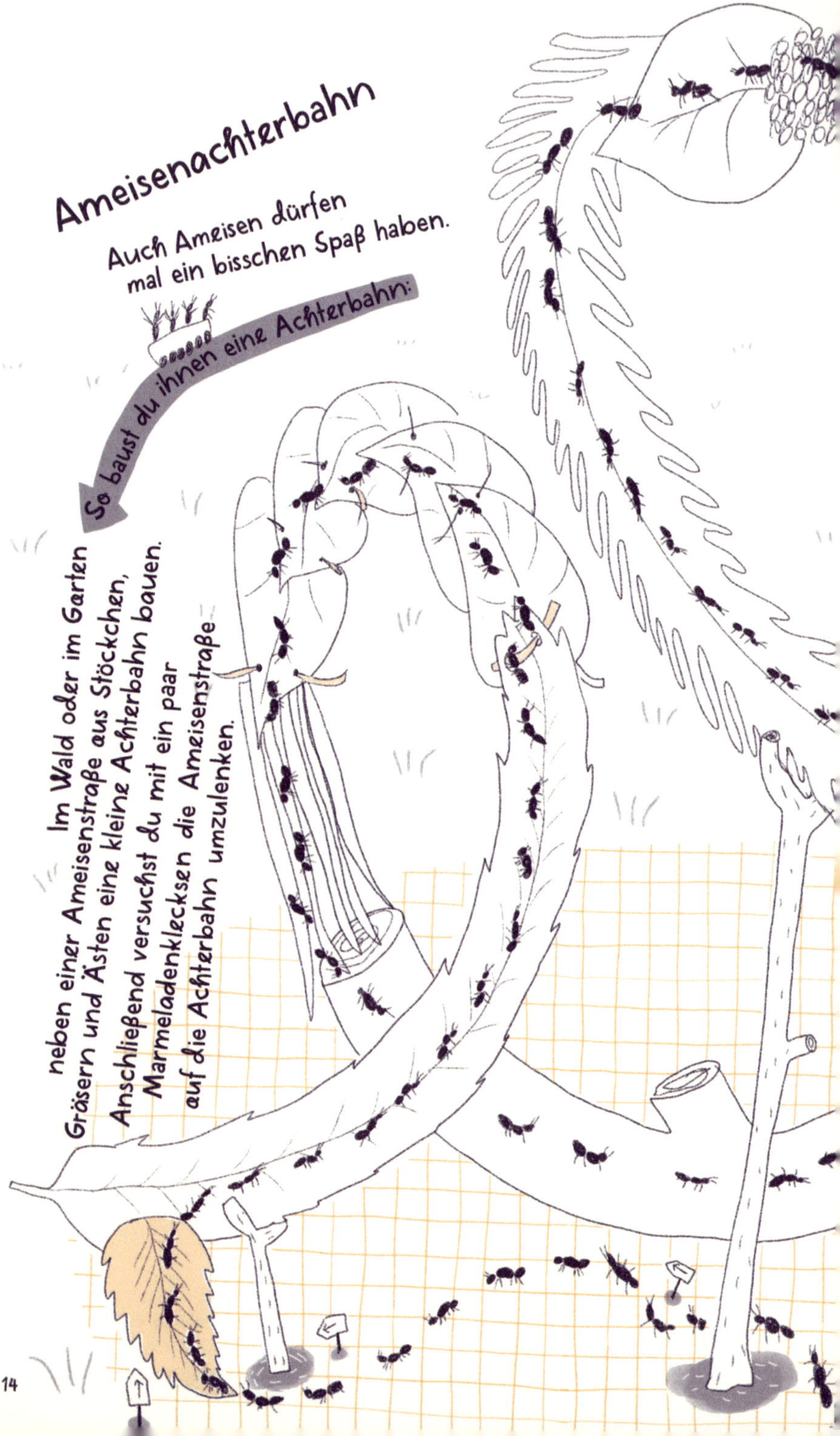

ALLEINE

Mach mal etwas alleine,
das du bisher immer gemeinsam mit
anderen gemacht hast. Oder das du dich bisher
nicht alleine getraut hast.

Ich habe noch nie alleine ____________________
Aber heute probiere ich das mal aus.

So war es: ____________________

____

____

____

____

So fühle ich mich jetzt: ____________________

Würde ich es wieder tun? ____________________

Und das mache ich als Nächstes ganz alleine:

____

uuuuuuuund ACTION!

Denk dir einen Film aus mit DIR in der Hauptrolle. Schreib ein kurzes Drehbuch für deinen Film.

Meine Filmidee

Und nun leih dir ein Handy oder eine Kamera aus und setz deine Filmidee mit Freunden und Familie in die Tat um. Denk auch an Musik und Vorspann, Abspann, Spezialeffekte und so weiter.

Zeichne die
BESTE Bergsteigerin
(mit Brille, Buch und Butterbrot.)

Best of Aua

Du bist beim wilden Klettern vom Baum geplumpst und hast dir die Hand verstaucht? Du hast dir schon wieder das Knie aufgeschlagen? Tut ganz schön weh, was?

Hier kannst du deine besten Spielverletzungen einzeichnen.

Alles einzeichnen:

- Pflaster
- Schrammen
- blauer Fleck
- Augenklappe

sonstige Auas:

____

____

____

Bonbonverstecker

Du brauchst:

- den festen Buchdeckel eines alten gebundenen Buchs
- Pappreste oder eine passende Pappschachtel
- Kleber und Teppichmesser (die Dinger sind SCHARF, lass dir also vielleicht besser helfen)

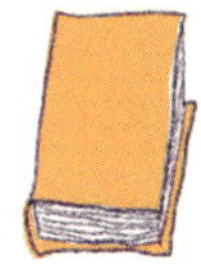

Klapp das Buch auf und schneide den Buchteil mit einem Teppichmesser vorsichtig heraus. Du brauchst später nur den harten Buchdeckel, pass also auf, dass er beim Heraustrennen nicht kaputtgeht.

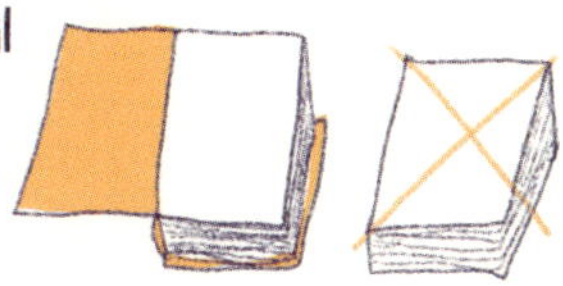

Falls du keine Schachtel hast, kannst du auch Pappreste zurechtschneiden und dir selbst eine Schachtel bauen.

So:

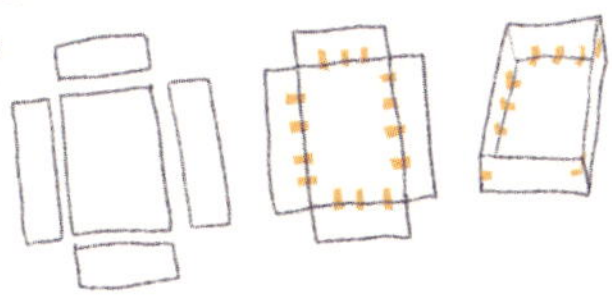

Kleb deine Schachtel in den Buchdeckel.

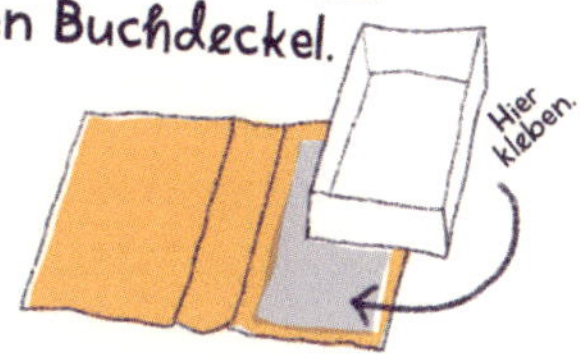

Geheimen Süßigkeitenvorrat in die Schachtel legen, Buch zuklappen und ins Regal stellen. Dort sieht's aus wie ein stinknormales Buch.

Barfußpfad

Sammle leere Kartons, füll sie mit Dingen, und bau dir deinen eigenen Barfußpfad.

Geeignete Dinge:

- → Papierknüddel
- → Gras
- → Sand
- → Baumrinde
- → Tannenzapfen
- → Büroklammern
- → Legosteine

Zeichne deine eigenen Ideen direkt in die Kartons!

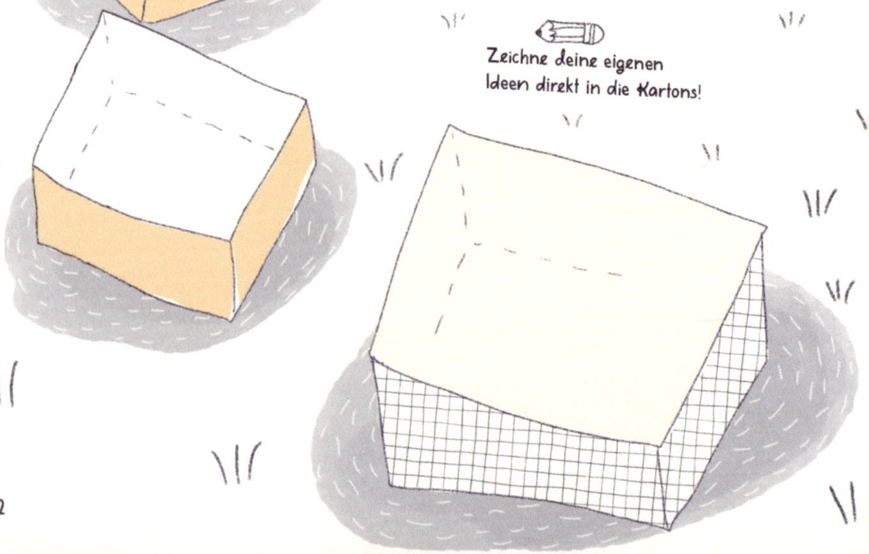

Baumloch-Briefkasten

Finde ein Loch in einem Baum und benutze es gemeinsam mit deiner Freundin als geheimen Briefkasten.
Ihr könnt euch dort gegenseitig Botschaften und Briefe verstecken.

Gründe eine BANDE!

Unser Logo:

Anführerin:

ICH

Weitere Bandenmitglieder:

So soll unsere Bande heißen:

Namensvorschläge

Unser geheimes Erkennungszeichen:

Finden wir gut:

Unser Codewort:

Finden wir blöd:

Unser Maskottchen:

So sieht unser Hauptquartier aus:

POW

So sehe ich RICHTIG COOL aus.
(Alles Nötige einzeichnen!)

wow

Chillen

Gute Orte zum Chillen:

Da geht es am besten:

Das brauche ich dafür:

Wer sollte dabei sein?

Und jetzt: Chill mal!

Chefköchin

Sei mal Bestimmerin in der Küche und koche für deine Familie ein leckeres Essen. So alleine wie möglich. Du planst alles. Du bist die Chefin!

Das gibt's: ______________________________

____

____

____

____

Und zum Nachtisch: ______________________________

____

____

Zu trinken: ______________________________

____

____

Tischdecken muss auch sein, wild dekorieren!

Chirurgin Dr. __________
(dein Name)

Mach Spielzeuge heile, die kaputt sind.
Näh dem Teddy den Arm wieder an.
Schraub das wacklige Rad zurück ans Auto.

das ist kaputt	repariert am	war schwierig	war total einfach

Chamäleonisation

Ein Chamäleon kann die Farbe ändern und sich so fast unsichtbar machen. Versuch das auch einmal: Zieh dir bunte Kleidung an und verschmelze mit dem Hintergrund!

Eigene Ideen:

Ideen für Tarnungen:

grüne Hose
+ rotes Shirt
+ rote Mütze
= Tulpe im Garten

weiße Hose
+ Punkteshirt
= Fliegenpilz im Wald

Streifensocken
+ gestreifte Hose
+ Streifenshirt
= Teppich im Kinderzimmer

Hier kannst du deine chamäleonische Tarnung hinzeichnen oder ein Beweisfoto einkleben:

Alles DURCHSTREICHEN, was du doof findest.
Und noch ein paar doofe Sachen dazukritzeln!

Durchhalten!

Male einen Monat lang jeden Tag eines dieser T-Shirts in der Farbe deines Oberteils an.

Start am ______
(Datum eintragen)

Ende am ______
(Datum eintragen)

DREI gewinnt

Verlass die Wohnung, wandere durch die Gegend und sperr deine Augen auf: Jedes Ding, das du siehst, darfst du auf dem Spielplan ankreuzen. Dein Spaziergang ist erst zu Ende, wenn du eine Dreierreihe deines Spielplans komplett angekreuzt hast.

Kronkorken	handgeschriebene Einkaufsliste	zerlatschter Kaugummi
Bindfaden	Gummiring	Münze
etwas Zerknülltes	ein Stück Draht	Plastikdeckel

Fürs Aufheben und In-den-Müll-werfen eines Gegenstandes gibt es Extrapunkte. Mach hier für jeden Extrapunkt einen Strich.

EXTRAPUNKTE

Denkmal errichten

Finde einen leeren Sockel (z. B. einen Blumenkübel) oder bau dir einen (umgedrehter Schuhkarton) und errichte darauf ein Denkmal für jemanden, den du richtig gerne hast.

So sieht mein Denkmal aus:

Detektivin

Dein Auftrag:

Finde diese Leute oder Leute, die ihnen möglichst ähnlich sehen, und notiere dir alles, was du über sie weißt oder herausfinden kannst.

Alles hier einkleben oder damit stempeln.

Wollmaus, Fluse, Fußabdruck,
Popel, Sand,
klebt, ist staubig...

piep

Mach HIER einen Knick. Tadaaaa, ein EEESELSohr!

Extrem extra ekelige Dinge:

(Schreib eine Liste.)

Eigenlob ~~stinkt~~ IST TOLL!

(Schreib alles auf, was du richtig gut kannst!)

Das kann ich alles TOTAL GUT:

→

→

→

→

Und das kann ich wirklich am BESTEN:

ORDEN Bastelvorlage

SUPER!!!!!

Orden aus Pappe oder dickem Papier ausschneiden. Dann so zusammenbauen:

Eeeeeekeleis?

Für stinknormales Eis brauchst du: einen Plastikbecher, einen Löffel, Saft, Obst, Eisfach

Füll den Saft und die anderen Zutaten in den Plastikbecher, steck einen Löffel rein, stell das Gemisch in den Eisschrank und warte ein paar Stunden.

Jetzt kannst du mit eigenen Zutaten experimentieren. Wie wäre es mit Pfeffer oder Knoblauch? Oder essbaren Gummitieren?

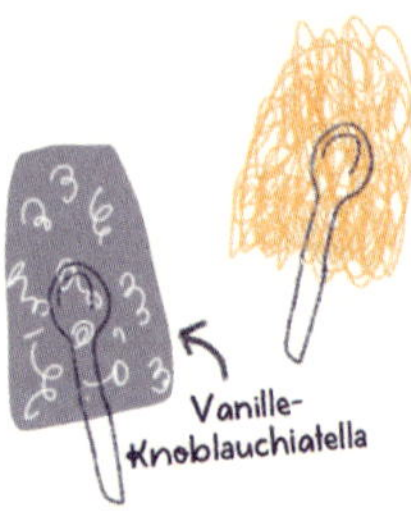

So sieht mein Eis aus.

Meine „Geheimzutat“:

Das muss ich auch mal ausprobieren:

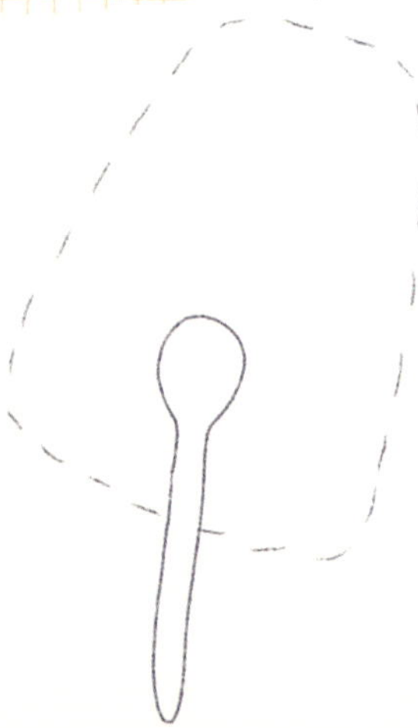

EISBERG-BADEBOMBE

Du brauchst: Wasser, Plastikschalen in verschiedenen Größen, kleine Spielzeuge aus hartem Plastik oder anderen Kleinkram, der nass werden darf (Holz ist nicht geeignet ...), Eisfach

Leg ein kleines Spielzeug in die kleinste Schale und füll sie mit Wasser auf. Dann ab damit ins Eisfach. Waaarten.

Wenn das Wasser gefroren ist, nimmst du den Minieisberg aus der Schale. Leg ihn zusammen mit einem weiteren Spielzeug in eine etwas größere Schüssel und füll sie mit Wasser auf. Dann ab damit ins Eisfach. Waaaaaaaarten.

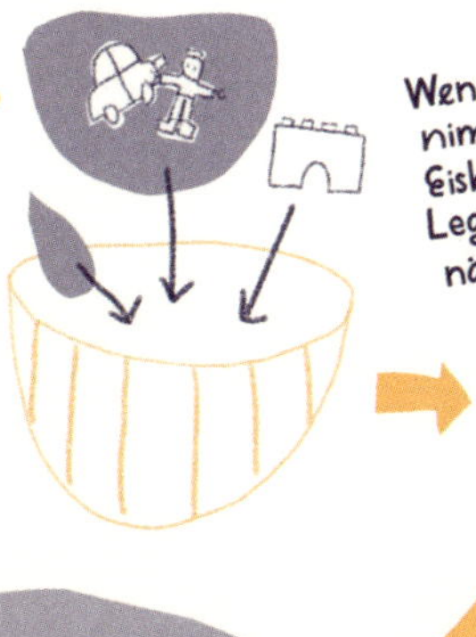

Wenn das Wasser gefroren ist, nimmst du den mittelgroßen Eisberg aus der Schüssel. Leg ihn zusammen mit dem nächsten Spielzeug ...

... Na, was glaubst du, was als Nächstes kommt? Genau, du Fuchs! Das Ganze machst du jetzt so lange weiter, bis dein Eisberg die gewünschte Größe hat.

Beim nächsten Bad nimmst du ihn mit in die Badewanne und kannst ihm schön gemütlich beim Schmelzen zusehen.

EXPLOSION
(in einer Schachtel)

Du brauchst: eine kleine Würfelschachtel (Bauanleitung auf Seite 165)
Schere, Klebstoff, buntes Papier,
Konfetti, Zahnstocher

1. Schachtel basteln

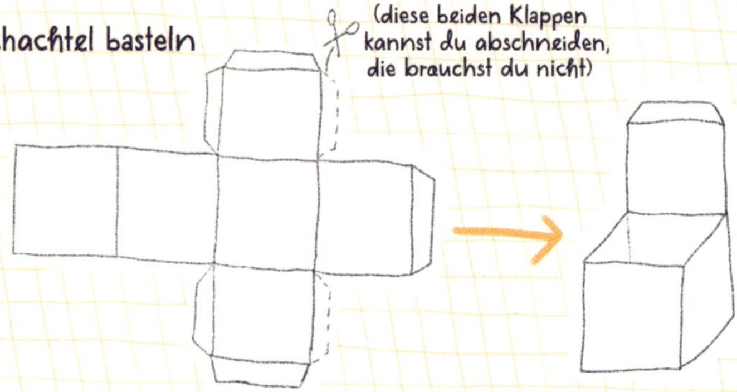

2. Hexentreppe

Schneide 2 cm breite Papierstreifen aus, klebe 2 oder mehr zusammen, damit du zwei richtig lange Streifen hast, und falte aus zweien dieser langen Streifen eine Hexentreppe.

Das geht so:

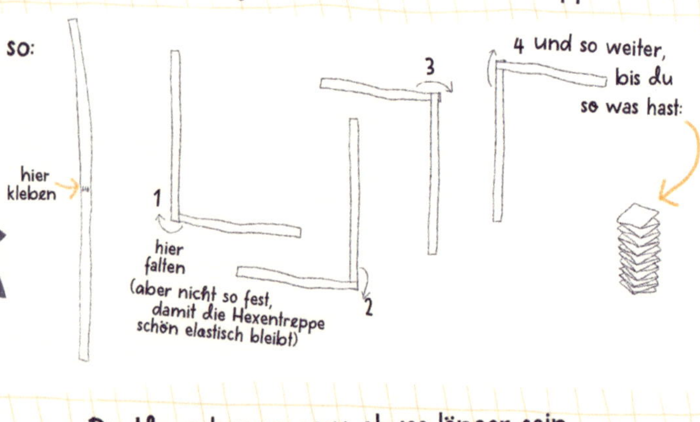

WICHTIG: Die Hexentreppe muss etwas länger sein, als deine Schachtel hoch ist.

3. Krawumm

Bau dir ein „Krawumm“ und verziere es so explosiv, wie du möchtest.

Kleb dein Krawumm ans obere Ende deiner Hexentreppe.

4. Zusammenbauen

Kleb deine Hexentreppe in die Schachtel, drück sie etwas runter und schließ den Deckel.

Leg etwas Konfetti oben aufs Krawumm, das kann dann schön mit raushüpfen, wenn die Schachtel geöffnet wird.

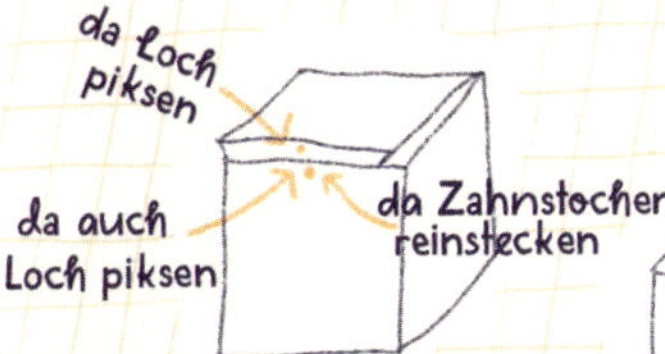

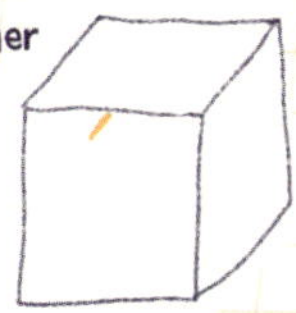

Zieh mal am Zahnstocher.

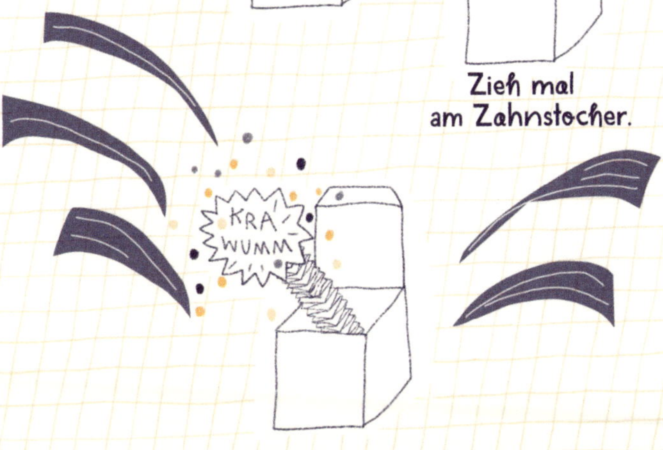

Finde die Fehler auf der rechten Seite & markiere sie.

Kleiner Tipp: Es sind VIELE!

Fnide die Fhelers

Freiluftschlafen

Die Regeln: 1. Draußen schlafen ☐ im Garten ☐ auf dem Balkon
2. Zelte verboten
Ansonsten: ALLES ERLAUBT!

Geräusche sind ganz anders im Dunkeln, also sperr die Lauscher auf. Was hörst du?

Wer war dabei?

So hab ich mein Nachtlager eingerichtet:

Falls du beim Freiluftschlafen keine Fledermaus gesehen hast, kannst du einfach selbst eine SEIN!

- ☐ Häng dich kopfüber an einen Ast oder eine Kletterstange und ruh dich dort ein wenig aus.

- ☐ Fang dein Futter aus der Luft
  (Deine Freundin wirft Gummibärchen hoch, und du fängst sie mit dem Mund auf.)

- ☐ Trink wie eine Fledermaus
  Mach 'nen Kopfstand oder Handstand an der Wand und trink dann Wasser aus einem Glas mit einem Strohhalm

ACHTUNG: nicht auf der Straße und nicht allein machen!

- ☐ Orientiere dich im Dunkeln
  (Versuche, dich mit verbundenen Augen in deiner Wohnung oder auf dem Spielplatz zurechtzufinden.)

- ☐ Kleide dich wie eine Fledermaus

So kannst du dir einen einfachen Umhang basteln:

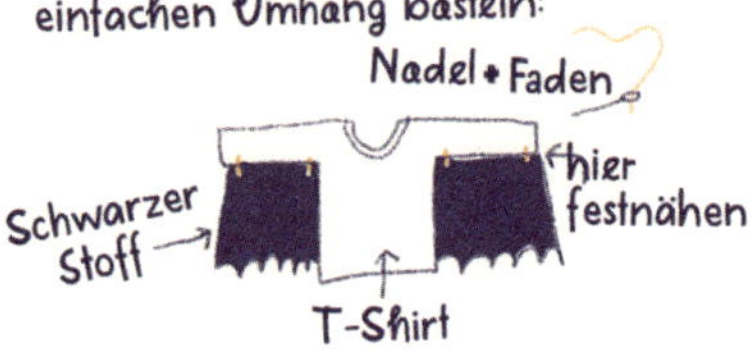

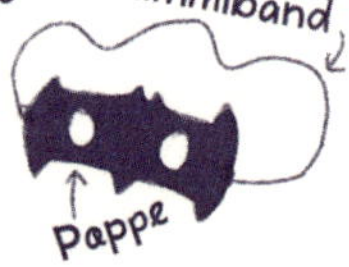

Fledermausen

Veranstalte deinen eigenen
FLOHMARKT

Das hab ich verkauft:

Aus bunt bemaltem Papier kannst du dir eine Wimpelkette bauen. So:

Du kannst lange Stöcke benutzen, um deine Wimpelkette aufzuhängen. Du kannst sie aber auch einfach an eine Wand kleben.

So viel Geld hab ich verdient:

Das mach ich jetzt damit:

Eine Fahrradstraße mit allem Pipapo

Zeichne dir mit Straßenkreide auf dem Hof oder einem leeren Platz einen richtig großen Fahrradparcours. Mit Zebrastreifen, Schildern, Ampeln, Kreisverkehr, und dann probier mal, mit dem Fahrrad da rumzugurken.

Ausprobieren:

→ Bremsübungen
→ auf einem Strich fahren
→ Geschicklichkeit
→
→

Fröhliches Flunkern

Lügen ist blöd, aber ein bisschen fröhliches Flunkern ist total okay. Also denk dir mal ein paar richtig gute Flunkergeschichten aus.

Ich kann fliegen.

Mehr Quatsch:

Das ist eine sprechende Socke.

Das alles bringt mich zum GRINSEN!

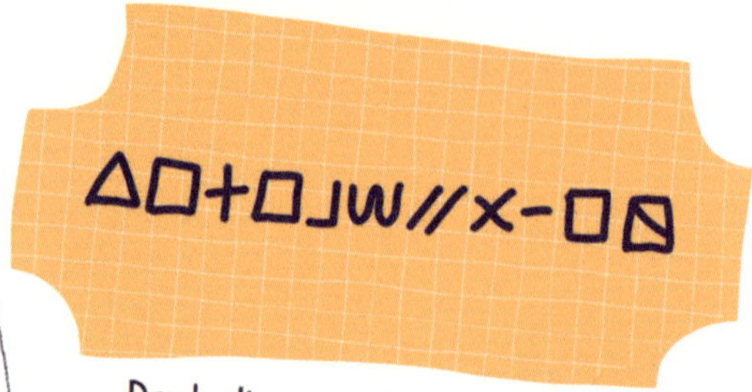

Denk dir einen Code aus, den nur du lesen kannst. (Oder allerallerhöchstens noch deine beste Freundin.)

Überlegt euch auch eine geheime Zeichensprache mit Gesten und Gebärden.

Meine Zeichen

Geste	Bedeutung
Am Ohr kratzen	Du bist lieb
Pupsgeräusch	Schnell weg!

Mein eigener Code

A:

B:

C:

D:

E:

F:

G:

H:

I:

J:

K:

L:

M:

N:

O:

P:

Q:

R:

S:

T:

U:

V:

W:

X:

Y:

Z:

Gaunerzinken

Gaunerzinken sind geheime Zeichen, mit denen man Orte kennzeichnen kann. Denk dir eigene Gaunerzinken aus und benutze sie mit deinen Freunden!

Du brauchst: (Straßen-)Kreide

Zeichen	Bedeutung
	Achtung, Schreiopa
	Hier wohnt ein ganz doofer Hund
	Seeeeeehr guter Kletterbaum

Geheimversteck

In einer Schublade kannst du ganz einfach ein super Geheimversteck bauen.

Du brauchst: ein Stück Pappe
4 gleich hohe Holzklötze (oder Duplosteine oder Flaschenkorken)

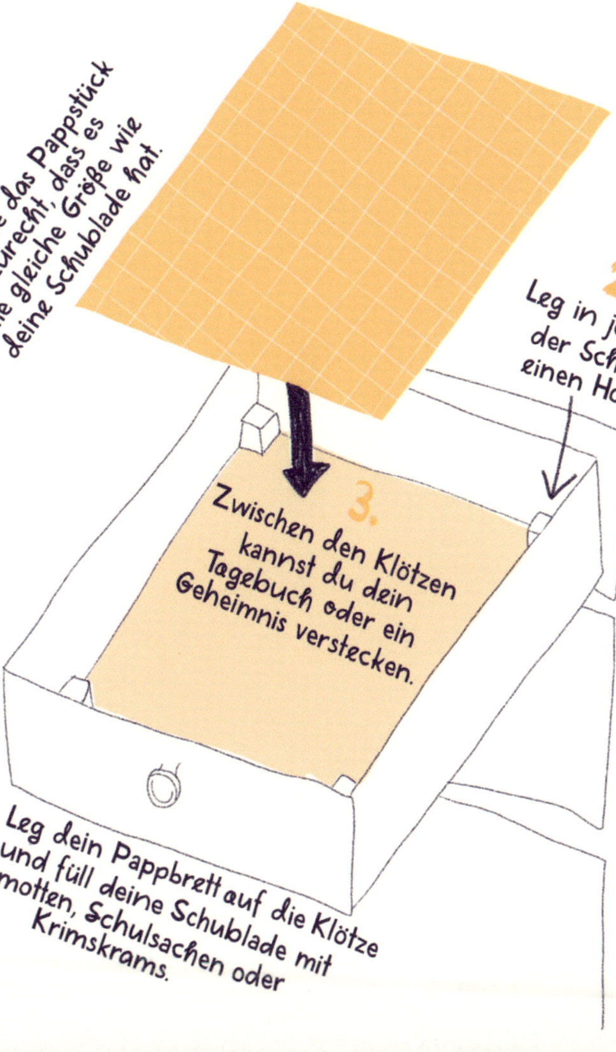

1. Schneide das Pappstück so zurecht, dass es die gleiche Größe wie deine Schublade hat.

2. Leg in jede Ecke der Schublade einen Holzklotz.

3. Zwischen den Klötzen kannst du dein Tagebuch oder ein Geheimnis verstecken.

4. Leg dein Pappbrett auf die Klötze und füll deine Schublade mit Klamotten, Schulsachen oder Krimskrams.

Ein Geheimnis aufbewahren

Schreib das Geheimnis hier auf,
dann kleb die Seiten zusammen.
Herzlichen Glückwunsch,
dein Geheimnis ist jetzt sicher.

HAARE malen! Aber dalli!

Das H möchte auch Haare…

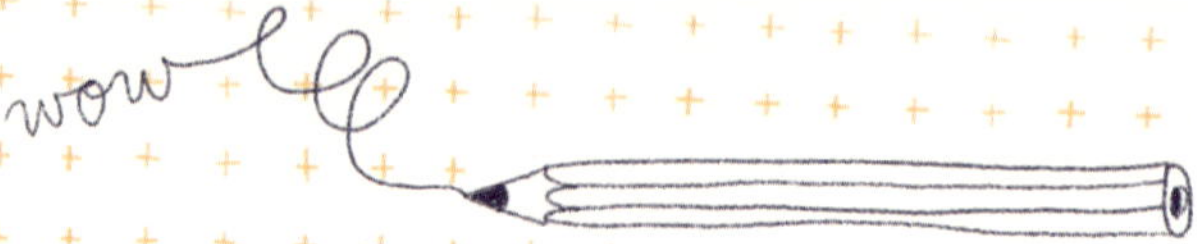

Schreib deine eigene HELDENGESCHICHTE
(Übertreiben ERLAUBT!!)

Heldenhafte Wörter sammeln, die du in deine Geschichte einbauen kannst:

superschnell gerettet stark Drache gefährlich
geflogen Dinosaurier Skelett Kätzchen Baum
gerast Jetpack Überschall Rakete Schnellste
riesengroß gigantisch fantastisch grandios
durch die Wand mega Schlafanzug mutig Gefahr
Muskelkraft protzig

Eigene Wörter:

Geschichte schreiben!

So war mein Tag als Heldin

DAS war vielleicht ein Tag! Morgens habe ich

HOCHoben-Picknick

Wie ein normales Picknick,
nur eben auf einem Baum.

Pack dir alles ein, was du für ein Picknick brauchst, und dann geht's los.
(Als Alternative funktionieren natürlich auch ein Schuppendach oder eine Mauer.)

Wer kommt mit?

So war's:

Die Aussicht:

Bau dir 'ne Hängematte

Du brauchst ein Bettlaken oder eine Wolldecke, eine Rolle Paketschnur (oder sonstige Seile) und einen großen, starken Baum. Na ja, gut, er muss nicht wirklich groß sein, aber STARK, das sollte er schon sein!

Rolle das Laken auf wie eine dicke, lange Wurst (1) und knote an beide Enden deiner Lakenwurst (2) einen dicken, festen Knoten. An jedem dieser Knoten befestigst du mehrere Lagen Paketschnur (3) als Verlängerung, diese kannst du am Baum festknoten.

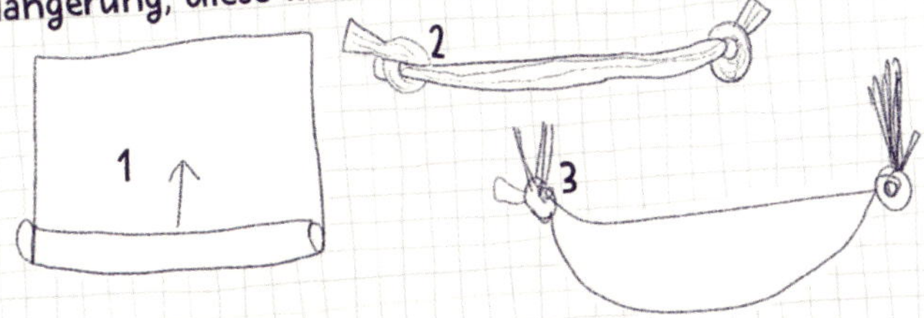

Probiere deine Hängematte vorsichtig aus. Wenn alles fest sitzt, kannst du dich reinsetzen und rumschaukeln.

Diese Igel brauchen dringend Stacheln. Oder Frisuren. Oder Blätter ...

Ingenieurin

Wenn du eine Maschine bauen könntest, GANZ EGAL, welche, wie würde sie dann aussehen und was könnte sie?

Platz für deine Zeichnung oder eine kurze Beschreibung.

Du kannst dir auch aus Pappe und Krimskrams ein kleines Modell deiner Spezialmaschine bauen und es dann bunt anmalen.

Imaginäre* Freundin
(Tier geht auch. Oder beides!)

Name:

Besonderheiten:

Was kann sie so?

Aussehen:

* Das ist jemand, den nur du allein sehen kannst und NIEMAND sonst.

JUTTA, die JUWELENDIEBIN, freut sich über ihre fette Beute.

Hier Beute hinmalen!

Jubeltanzchoreografie

Du hast Grund zum Jubeln, aber keinen passenden Freudentanz?
Denk dir einen aus. JETZT!

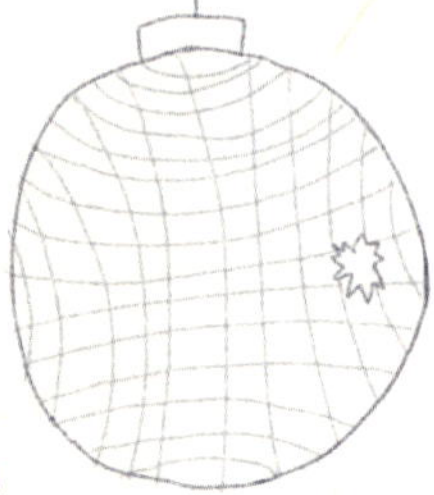

Mein Jubeltanz ist:

- ☐ eher wild
- ☐ eher zurückhaltend

Hier kannst du dir die Bewegungen oder den Ablauf notieren.

Diese Musik passt dazu:

So klingt mein Jubelschrei:

Gut einstudieren und beim nächsten Anlass lostanzen.

Jurte bauen

Du brauchst:
4 oder mehr Stühle,
einen Besen,
mehrere Decken und Laken,
Wäscheklammern

1. Stell die Stühle im Kreis auf, mit den Stuhllehnen nach innen.

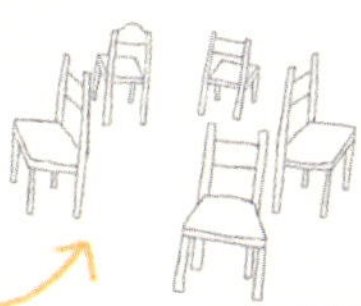

2. Befestige die Decken oder Laken außen an den Stühlen.

3. Zwei Laken mit Wäscheklammern verbinden. Diese bilden das Dach und werden über deiner Stuhljurte ausgebreitet.

4. Anschließend wird das Dach mit einem Besen nach oben gedrückt. Falls das etwas wackelt, kannst du den Besen mit Klebeband am Fußboden befestigen.

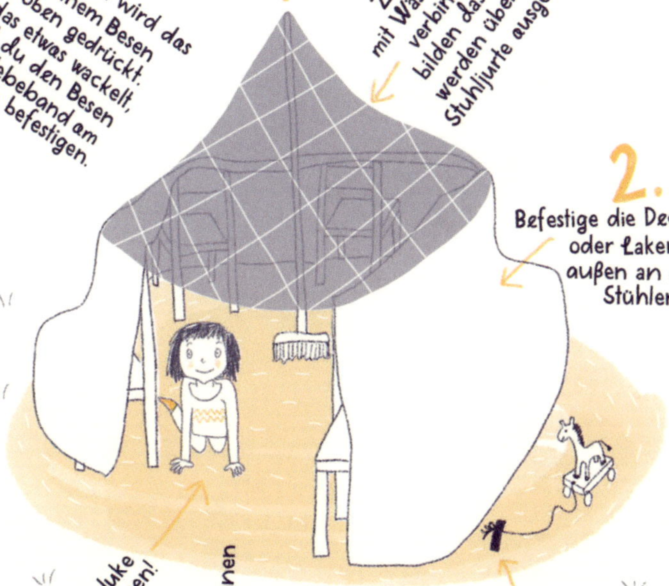

KONFETTI!

Stell aus buntem Altpapier mit einem Locher haufenweise Konfetti her und stopf dir damit die Jackentaschen voll. Dann bist du gut ausgerüstet für den nächsten Konfetti-Notfall.

Krankheit erfinden (und ein Heilmittel gleich dazu!)

Name der Krankheit:

Symptome:

Ansteckend? ☐ ja ☐ nein ☐ ein bisschen

Dauer:

Heilmittel:

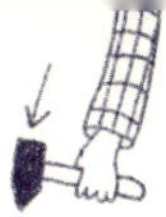

Kaputtbauen

Zerlege einen defekten Gegenstand mithilfe von Werkzeugen in seine Bestandteile. Gar nicht so einfach!

Mein Gegenstand: ______________________

So hab ich ihn auseinanderbekommen: ______________________

____

______________________ Er besteht aus so vielen Teilen: [ ]

So sieht er von innen aus:

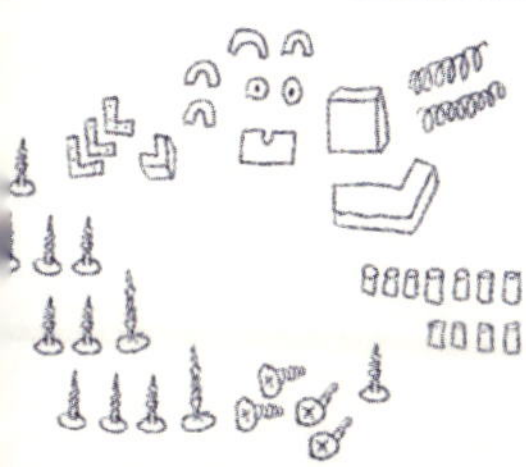

Kartoffeltausch

Such dir eine hübsche Kartoffel* aus, klingel bei deinen Nachbarn und versuche, deine Kartoffel gegen etwas anderes, vielleicht sogar Besseres, einzutauschen.

Dein Tauschobjekt kannst du dann beim nächsten Nachbarn wiederum gegen etwas Neues eintauschen.

Dauer: eine Stunde oder solange du Lust hast.

* Funktioniert auch mit anderen einfachen Dingen als Startobjekt. Zitronen zum Beispiel. Oder Büroklammern. Oder, oder, oder...

eingetauscht bei

____

eingetauscht bei

____

eingetauscht bei

____

eingetauscht bei

____

eingetauscht bei

____

Kann man sehr gut mit Freunden spielen oder zwei Gruppen gegeneinander antreten lassen. Wer hat am Ende das Beste ertauscht?

eingetauscht bei

____

eingetauscht bei

____

eingetauscht bei

____

eingetauscht bei

____

eingetauscht bei

____

Käferbegräbnis

Finde einen toten Käfer und bereite ihm ein fürstliches Begräbnis. Denn jedes Insekt hat eine angemessene Beerdigung verdient!

Eine kleine Papierschachtel für deinen Käfer bauen.

(Anleitung auf Seite 165)

Schöne Ecke im Garten oder Park finden.

Grabrede schreiben:

So habe ich das Grab geschmückt:

Lied singen, ganz feierlich.

Wer war dabei?

Klitzekleine Knusperpizza

Du brauchst:

für den Teig:

- 1 Teelöffel Mehl
- 3 Tropfen Öl
- 1 Teelöffel Wasser
- 5 Salzkrümel

einen Ofen
etwas Backpapier

für den Belag:

- 1/2 Teelöffel Ketchup
- 1/4 Scheibe Salami
- 3 Maiskörner
- ein paar Krümel Käse

Teig gut durchkneten, platt drücken, mit gewünschtem Belag belegen und dann ab damit in den Ofen. Bei 200 Grad ca. 5 bis 7 Minuten.

ACHTUNG
Lass dir beim Ofen helfen, die Dinger sind nämlich HEISS!

Und nicht vergessen:
Teilen macht Spaß, alleine aufessen aber auch!!

Male den Lolli, der dem Kind gestohlen wurde

LAUT sein

Bau dir ein schniekes Schlagzeug.
Und dann probier es mal aus.
Oder gründe eine Band.
RANDALE!!

Gut geeignet: Löffel, Schneebesen, Deckel, Töpfe, Pfannen, Dosen, Plastikschalen...

So sieht mein Schlagzeug aus

Löcher stopfen

Finde ein Loch in einer Mauer und stopfe es.

Mit Moos,
Gras,
Matsch, Lego ...

Eigene Ideen:

Da hab ich ein Loch gestopft:

Und zwar mit:

Legotastisch!

Bau dir etwas aus Lego,
das du auch wirklich benutzen kannst.

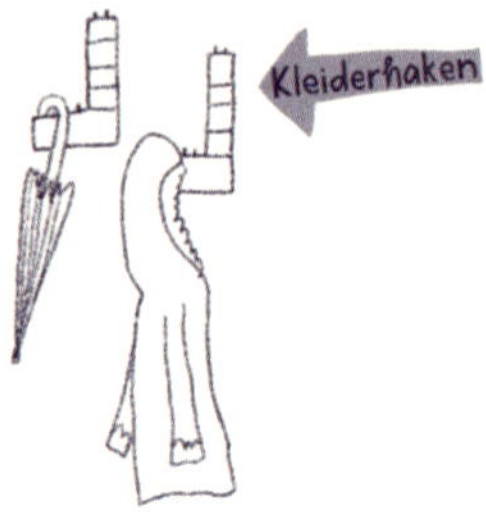

Das habe ich gebaut:

Ziemlich ☐praktisch ☐unpraktisch

Mehr Ideen:

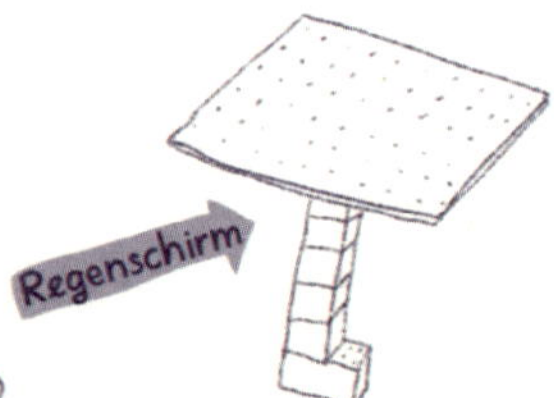

Li-La-Launeuhr
(für deine Zimmertür)

So sieht jeder sofort, ob er sich reintrauen kann oder besser einen grooooooßen Bogen um dich macht.

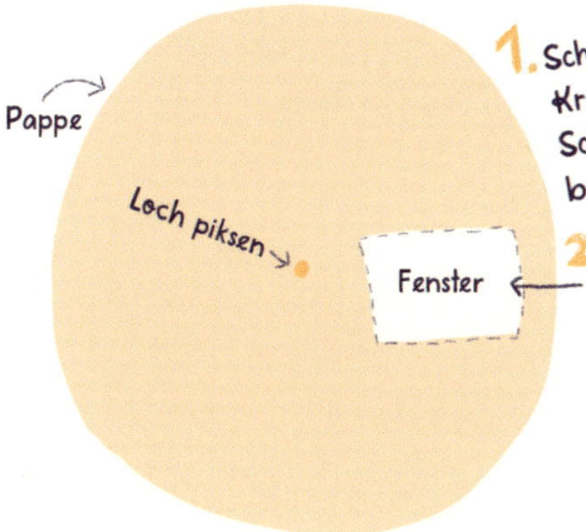

1. Schneide aus Pappe zwei gleich große Kreise aus. Du kannst als Schablone einen großen Teller benutzen.

2. In den Kreis, der später oben sein soll, schneidest du ein Fenster.

3. Benutze das Fenster als Schablone, um auf dem anderen Kreis kleine gleich große Quadrate zu zeichnen.

4. In jedes Quadrat schreibst du eine Laune oder einen Spruch.

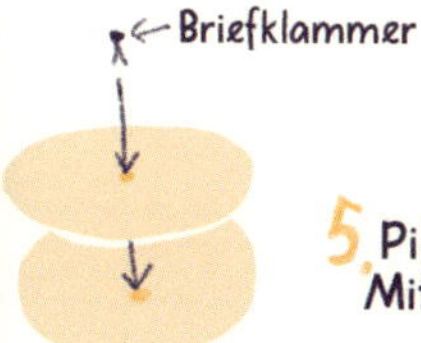

5. Piks ein Loch in die Mitte beider Kreise.

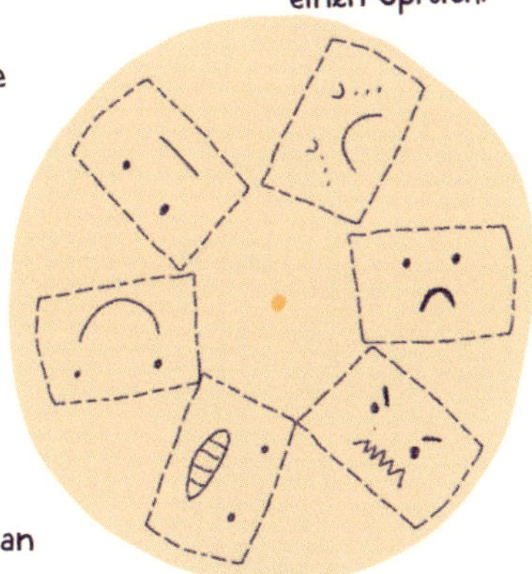

Verbinde beide Kreise mit einer Briefklammer oder einer zurechtgebogenen Büroklammer. Oder irgendwas anderem. Hauptsache, du kannst deine Uhr später drehen.

Jetzt kannst du deine Launeuhr an deine Zimmertür kleben.

Wichtig: Unbedingt das Klebeband nur am äußeren Kreis befestigen, damit du am unteren Kreis alle paar Minuten deine Laune neu einstellen kannst!

Wer wohnt
auf dem Mond?
Malen!
Mond

Und was fliegt
durchs All?
Auch malen!

Magnetangeln

Du brauchst: einen Stock, ein Stück Schnur, einen kleinen Magneten

- Knote den Magneten mit der Schnur am Ende deines Stocks fest, fertig ist deine Magnetangel.
- Und jetzt probier mal, wo du damit gut angeln kannst!

Gute Orte zum Angeln:

- Kellerfenstergitter
- Gulli
-
-
-
-
-
-

Diese Schätze hab ich geangelt:

Müllschatzaufbewahrungsgläser

Du brauchst: leere Schraubverschlussgläser, Kleber

Bunte Glasscherben, verbogener Draht, interessante Zettel und gefundenes Spielzeug sind KEIN Müll, sondern SCHÄTZE.

So kannst du sie angemessen aufbewahren und präsentieren: Kleb einen deiner Schätze oben auf den Deckel und sortiere deine Fundstücke zum Beispiel nach Material oder nach Farbe oder …

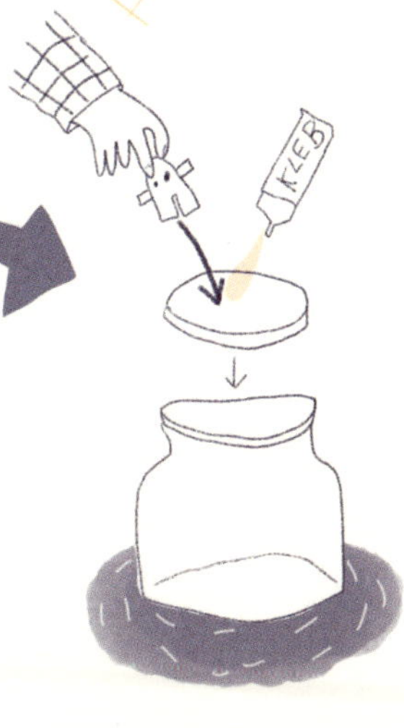

Mutprobe

Traust du dich, dir eine Schnecke übers Gesicht kriechen zu lassen?

- ☐ ja
- ☐ nein
- ☐ iiiiiigittigitt

So war das:

Andere Mutproben-Ideen:

Murmelbahn

Bau eine Murmelbahn mit Sachen, die du in deinem Kinderzimmer oder in eurer Wohnung findest.

Je größer, desto besser!

Meine Murmelbahn

So lange braucht die Murmel vom Start zum Ziel: ☐ ☐ Minuten ☐ Sekunden

Mund aufmachen!

Nimm mit deinen Eltern an einer Demonstration teil oder organisiere mit deinen Freunden selbst eine.

Vorbereitung:

- Plakate und Spuchbänder basteln
- Sprechchöre oder Lieder einüben
-
-

So kannst du ein Plakat bauen

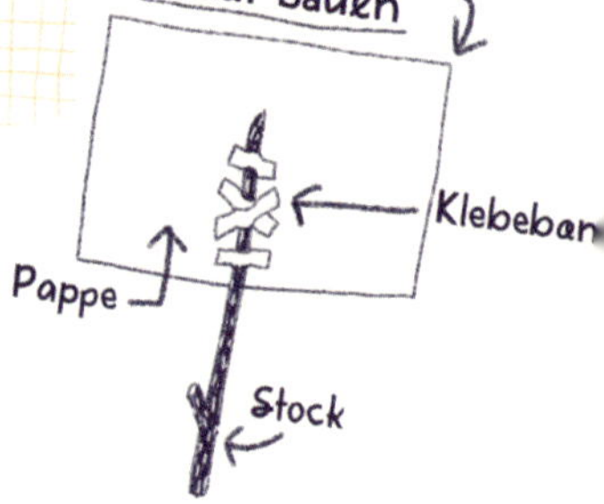

Dafür oder dagegen möchte ich demonstrieren:

Gute Tage zum Demonstrieren:

→ 8.3. Internationaler Frauentag
→ 20.9. Weltkindertag
→ 4.10. Welttierschutztag

Aber auch jeder andere Tag ist gut geeignet, um den Mund aufzumachen!

Wer macht mit?

So war's:

Niemals!
Das lehne ich ab.
(Alles vollschreiben!)
Nee, nee...
Njet!
Non.
Dazu sag ich Nein:
NÖ

Nein!
Ohne MICH!
no
Auf gar keinen Fall!

Notizhefte

Total praktisch. Die braucht jede Detektivin, Künstlerin, Reporterin …

Du brauchst: Papier, Nadel, Faden

1.

Falte ein paar Bogen Papier jeweils in der Mitte.

2.

Leg 4 bis 5 gefaltete Blätter ineinander.

3.

Piks mit einer etwas größeren Nadel 3 Löcher gleichzeitig durch alle Lagen deines Notizheftes.

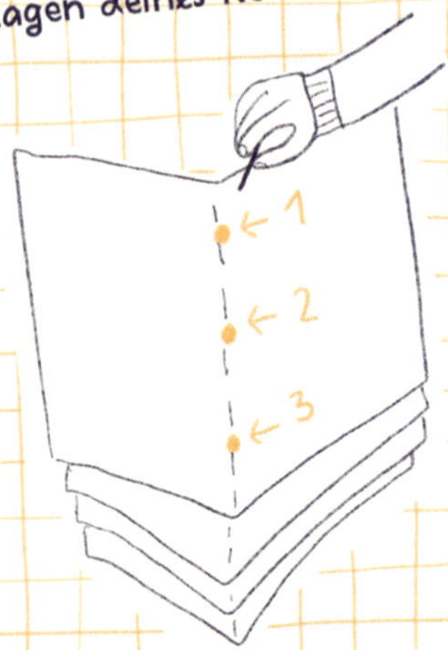

4. So nähst du dein Heft:

A Stich die Nadel mit dem Faden in Loch 2 von innen nach außen (das Ende des Fadens bleibt im Heft, da musst du etwas aufpassen, dass er nicht rausrutscht).

C Jetzt rüber zu Loch 1, hier führst du die Nadel wieder nach außen.

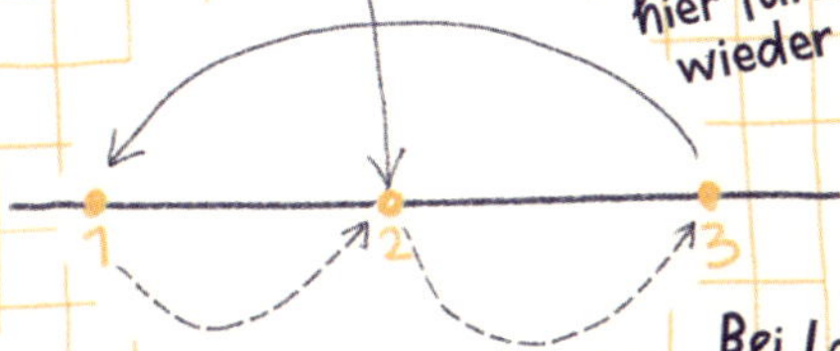

B Bei Loch 3 führst du die Nadel wieder nach innen.

D Als Letztes die Nadel durch Loch 2 von außen wieder nach innen stechen.

E Jetzt kannst du die Nadel vorsichtig entfernen, die beiden Enden deines Fadens festziehen und ein paarmal gut miteinander verknoten.

5.

Du kannst dein Heft auch verzieren oder ein Etikett aufkleben.

NOTFALLKISTE
für JEDEN Notfall

Du brauchst: einen kleinen Karton

Füll deinen Karton mit **ALLEM**, was du in einem Notfall gut gebrauchen kannst.

Das ist in meiner Notfallkiste:

Ideen: Pflaster, Fotos von Lieblingsleuten, schöne Musik, Schokoriegel für Schokoladennotfälle ...

Nachteule sein

Heimlich die ganze Nacht wach bleiben!

Das hab ich so gemacht:

Meine Nachtgedanken:

Dieses Bild hab ich im Dunkeln gemalt:

Jedes O braucht ein Gesicht!

Olympiade

Starte mit deinen Freunden eure eigene Olympiade mit ausgedachten Disziplinen.

Mögliche Disziplinen:

→ Sehrlangezähneputzen
→ Schnellklamottenanziehen
→ Mithandschuhenschleifebinden

Unsere Olympiade

Disziplin	Siegerin	Bestzeit, Weltrekord etc. ...

Ohooo, ein Ohrwurm!

Heute verpasst du mal jemandem einen Ohrwurm. Wie das geht? Ganz einfach: Singe, pfeife und summe immer und immer wieder das gleiche unwiderstehliche Lied. Hör erst damit auf, wenn jemand anders plötzlich dasselbe Lied singt!

Das hab ich gesungen:

und zwar ungefähr ☐ Mal.

Der hat jetzt 'nen Ohrwurm:

So könnte ein Ohrwurm aussehen:

Oder so:

Omasitten

So wie Babysitten, nur mit Oma*.

Mach dir Notizen über alles, was Oma so mag, und beim nächsten Mal, wenn sie auf dich aufpasst, drehst du den Spieß einfach um!

Das isst sie gerne:

Das könnte ich ihr vorlesen:

Diese Kuscheltiere mag sie:

So viele Kissen benötigt sie:

☐ Stück

Diese Musik gefällt ihr:
(könnte ich ihr als Schlaflied vorsingen)

Putzt sie sich einfach so die Zähne oder macht sie dabei Theater?

☐ einfach so ☐ mit Theater!

Weitere Notizen:

*Geht auch mit Opa, Tante, Onkel ...

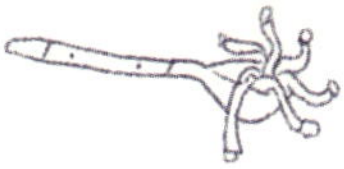

Ogerküche

Oger lieben ekeliges Essen!
Denk dir eine richtig gute Ogermahlzeit aus.
Essen, das lecker schmeckt, aber ekelig aussieht.
Wie wäre es mit blauen Pfannkuchen oder grüner Grütze?

Meine Rezepte

Grüne Grütze

1 Handvoll Babyspinat
1 Banane
etwas Wasser
1 Spritzer Zitronensaft

Alles gemeinsam im Mixer zu einer zähflüssigen Pampe verarbeiten.

Blaue Pfannkuchen

1 Ei
Mehl
Milch
blaue Lebensmittelfarbe
etwas Öl oder Butter

Zubereiten wie normale Pfannkuchen. Servieren mit roten Kirschen oder gelben Aprikosen!

PLATZ, SOOOOOOO VIEL PLATZ.

Was könnte man damit anstellen?
PLÄNE SCHMIEDEN natürlich.
WILDE Pläne.

Pflanzenretterin

Finde auf dem Markt oder Omas Fensterbank das kümmerlichste, jämmerlichste Pflänzlein und päppele es wieder auf.

So sieht meine Pflanze am Anfang aus.

Nach einem Tag

Nach einer Woche

Nach zwei Wochen

Nach drei Wochen

Nach einem Monat

Piratenstulle

Schmier dir ein Butterbrot, das aussieht wie eine Piratin.
Mit Salamiaugenklappe, Gurkennase, Maispickeln ...

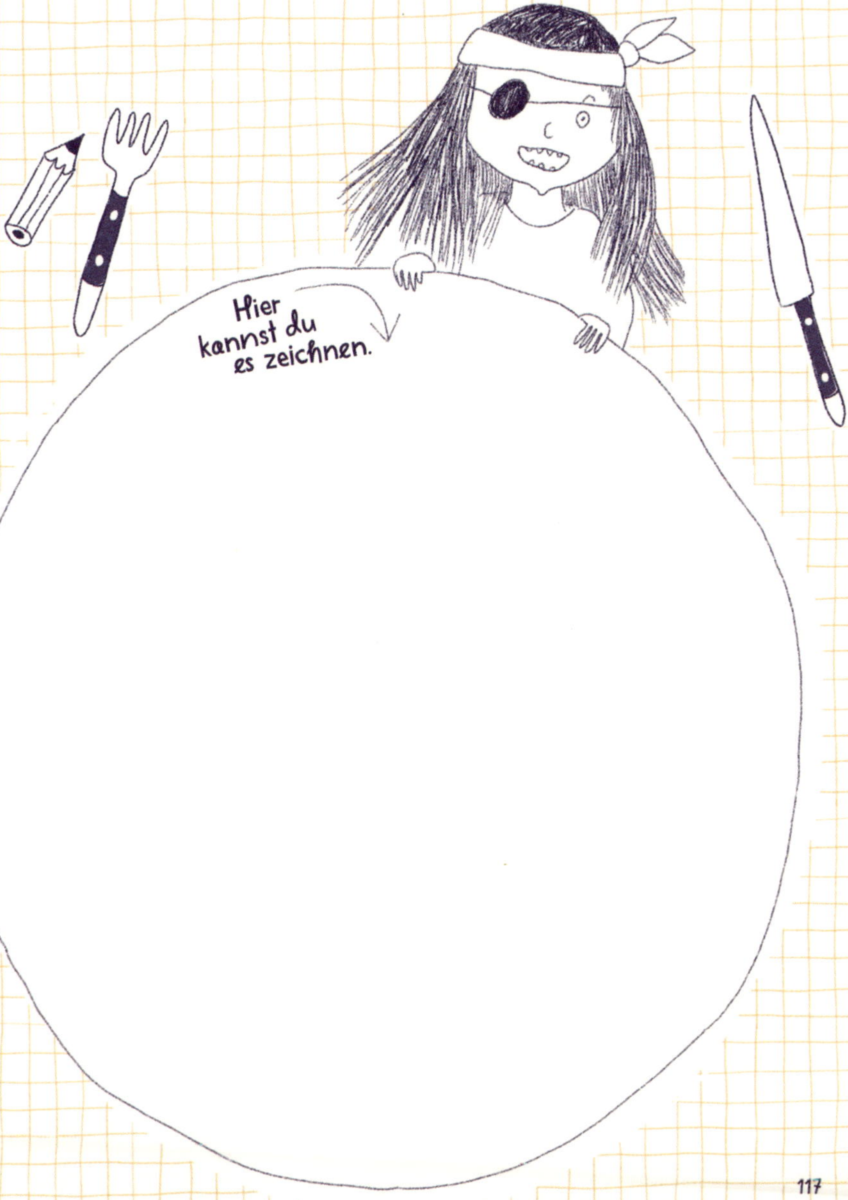

Parcours

Ermittle auf deinem Spielplatz den kürzesten Weg, um einmal über jedes Spielgerät zu klettern.
Stopp die Zeit, die du für eine Runde brauchst, mit der Stoppuhr. Und dann werde immer schneller.

Runde	Zeit
1	
2	
3	
4	
…	

Meine absolute Bestzeit: ☐ Sekunden ☐ Minuten

Politik machen

„Hier gibt es viel zu viele Autos!", „Ich hasse diese halbjährliche Zeitumstellung!" ... Anstatt dich über Dinge nur aufzuregen, hast du das Recht, deinen Mund aufzumachen und anderen davon zu berichten oder sogar Verbesserungsvorschläge zu machen.

Schreib einen Brief an die Kinderkommission, die im Bundestag die Belange von Kindern und Jugendlichen vertritt.

Das will ich schreiben:

Adresse: Deutscher Bundestag
Kinderkommission
Platz der Republik 1
11011 Berlin

E-Mail: kinderkommission@bundestag.de

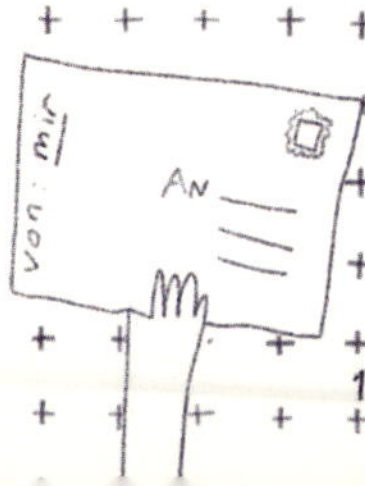

Paradiesvogelexperiment

Kleide dich so bunt und wild wie möglich, um mal so richtig aufzufallen. Wie ein richtiger Paradiesvogel eben. Je bunter und wilder, desto besser.

So sah ich aus:
(Zeichnung mit Buntstiften paradiesvogelisieren!)

So war das:

- ☐ cool!
- ☐ ging so
- ☐ peinlich

So könnt' ich mich auch mal verkleiden:

Das haben die anderen gesagt:

Quadratschädelige
Clownqualle
mag Quatsch.
1-A-Quatsch:
Superquatsch!
Ganz okayer Quatsch:

Lieblingsquatsch:
Zweitlieblingsquatsch:

Qualitätsschummelei

*geht natürlich genauso gut mit anderen Personen, die eines besitzen …

Schnapp dir das Handy deiner Mama* und bau ihr ein viel besseres. Schmuggle es ihr anschließend in die Tasche oder dahin, wo es normalerweise rumliegt.
Die wird Augen machen, wenn es ihr auffällt!

Du brauchst: Pappe, Klebstoff, Krimskrams

1. Schneid die Grundform aus dicker Pappe aus.
(Hierfür kannst du das Original-Handy einfach als Schablone benutzen.)

2. Jetzt anmalen, Apps draufkleben, verzieren.
Was könnte man noch Praktisches dranbauen? Eine Pommesgabel vielleicht? Oder Wackelaugen?

So sieht mein Handy aus.
(Viel besser als das Original natürlich!!!)

totaler QUARK?

Überprüfe diese Aussagen. Ist das wirklich so, oder ist das Blödsinn?

Überprüfen	Ankreuzen: das stimmt	Ankreuzen: das ist Quatsch	Datum und Notizen
Von zu langem Fernsehen bekommt man viereckige Augen.			
Wenn man einen Frosch küsst, verwandelt der sich in einen Prinzen.			
Wenn man schielt, während die Uhr 12-mal schlägt, bleiben die Augen für immer so stehen.			
Man kriegt Schluckauf, wenn …			
Eigene Ideen:			

Quasselstrippe 1 (Bau dir eine!)

Du brauchst:

2 leere Konservendosen,
1 spitzes Ding (um ein Loch in den Boden jeder Dose zu piksen)
1 laaaaaaaaaaaaaaaanges Stück Paketschnur

1. Piks ein Loch in den Boden der Dosen.

2. Führ die Schnur durch das Loch und mach innen in der Dose einen Knoten, damit die Schnur nicht rausrutscht.

3. Jetzt spann die Schnur straff, fertig ist deine Quasselstrippe.

Am besten gleich ausprobieren:
Eine laberrhabarbert in die Dose, die andere hält sich ihre Dose ans Ohr.

Quasselstrippe 2
(Sei mal eine!)

Schreib ohne Punkt und Komma und vor allem OHNE nachzudenken eine Geschichte darüber, wie dein Tag bisher so war. Auf die Plätze, fertig, los!

Also, zuerst habe ich …

~ Ende ~

Da wäre ich jetzt gerne:

RRRRRREISELUST!!!

Regal bauen

Finde zwei (oder mehr) etwa gleich große Kisten aus Holz oder stabiler Pappe.

Staple die Kisten und verbinde sie mit Schnur oder Klebeband.

Stopf das Regal voll mit deinen Lieblingsbüchern und richte dir eine gemütliche Leseecke ein!

Bau dir 'ne Rakete

Du brauchst: Pappe und einen großen Pappkarton (einen Umzugskarton zum Beispiel, je größer, desto besser!), Schere, Kleber, Alufolie, Watte, Bling-Bling, Farbe

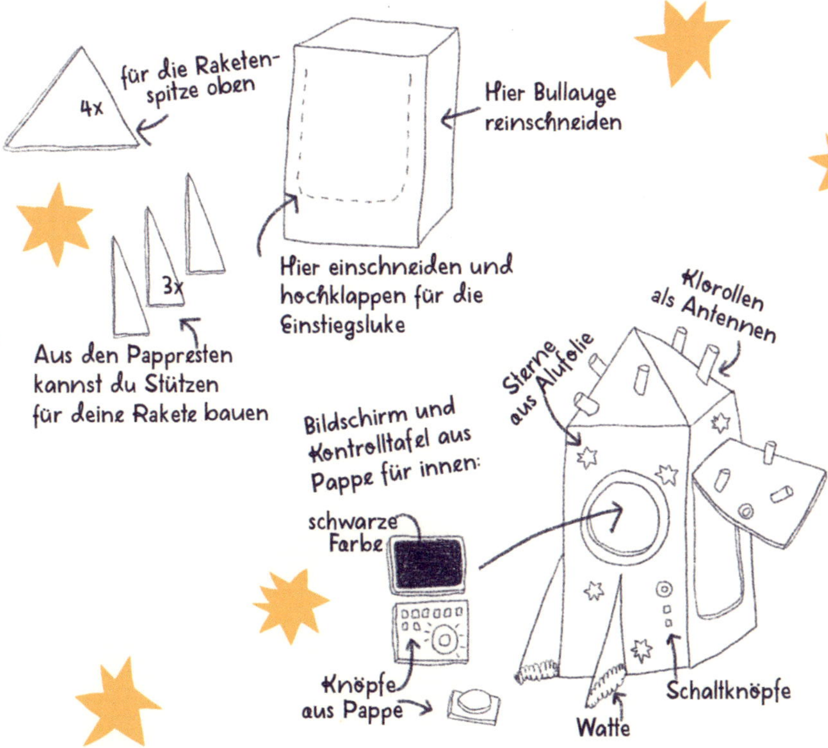

Mehr Ideen

→ Antenne aus Draht und Holzperlen

→ Joghurtbecher als Halterung für Snacks

→

→

Gute Reise zu den Sternen!

Sei eine Reporterin und schreib deine eigene Zeitung.

Hier kannst du schon mal üben.

Der Name deiner Zeitung muss hierhin, schön groß, bitte!

Das Wetter

Und jetzt zum Sport ...

Die Top-Meldungen des Tages

Rätselecke

Foto zum Thema

Reportage über dein Lieblingsthema

Klatsch und Tratsch

Foto von dir und Text über dich

Regenspaziergang

Einfach mal den Regen genießen.
Du brauchst: regendichte Klamotten, vielleicht einen Regenschirm und (GANZ WICHTIG): Regen.

Pfützen zählen

guter Unterstand:

Kleine oder große Tropfen?

Wie ist der Regen so?

Warm oder kalt?

Nass oder geht so?

Rad aufmotzen

Mach dein Fahrrad fit für den Sommer.

Meine Fahrradaufmotz-Liste

Das kann ich machen:	kann ich alleine	da brauch ich etwas Hilfe	erledigt
→ Alles putzen			
→ Kette ölen			
→ Klingel ran!			
→ Lampe reparieren			
→ Blumentopf in den Fahrradkorb			
→ Reifen aufpumpen			
→			
→			
→			
→			
→			

Schlingelschlangenwörter

Wörter, die seeeeeeehr lang sind. Wie zum Beispiel Bonbonversteckungsputztuchaufbewahrungsschatullenwärterin.

Meine Wörter

Schicke Mütze!
Das ist keine Mütze. Das ist ein wolliger Ohren-spitzenaufwärmungsapparat!

Spielplatz in der Dose

Füll eine leere Dose oder Schachtel mit kleinen Dingen, die sich gut zum Spielen für zwischendurch eignen.
Trag deinen Spielplatz immer bei dir.
Kommt Zeit, kommt Langeweile.
Da bist du gut vorbereitet mit ´nem Spielplatz in der Hosentasche!

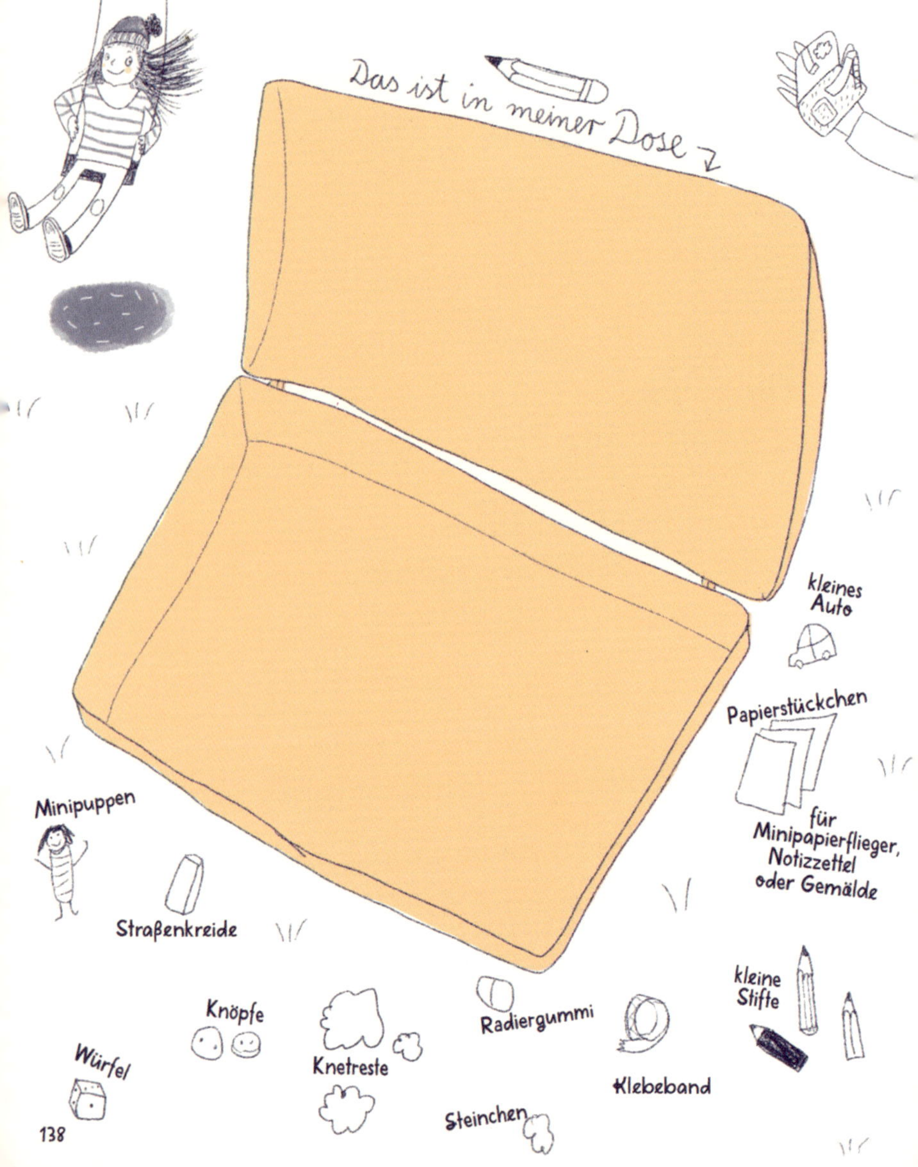

Spaziergangspezialistin

Du kennst deine Umgebung wie deine Westentasche, also denk dir ein paar schöne Spaziergangrouten für unterschiedliche Leute aus.

Ideen:
Spaziergang für Opa (keine Treppen)
Spaziergang für ________ (viele Schaufenster)
Spaziergang für ___________ (gute Spielplätze!)

Du kannst dir auch ein Notizheft bauen (Anleitung auf Seite 104) und darin deine besten Spazierstrecken einzeichnen!

Einzeichnen
rot: Spaziergang für __________
blau: Spaziergang für __________
grün: Spaziergang für __________
gelb: Spaziergang für __________

Schimmel

Schmier 'ne Scheibe Toast mit Frischkäse, pack sie in einen Gefrierbeutel, puste ein paarmal ordentlich rein und verschließ den Beutel.
Dann leg ihn auf die Fensterbank und guck zu, wie er sich über die Wochen verändert.

Hier hinzeichnen:

Experiment beendet am _______, nach _______ Wochen.

Schneegenstände

Vergiss Schneemänner. Jetzt baust du mal Schneegenstände, das sind Gegenstände aus Schnee ...

Du brauchst dafür:
Schnee natürlich!

Meine anderen Kreationen

So sah mein bestes Schneedings aus:

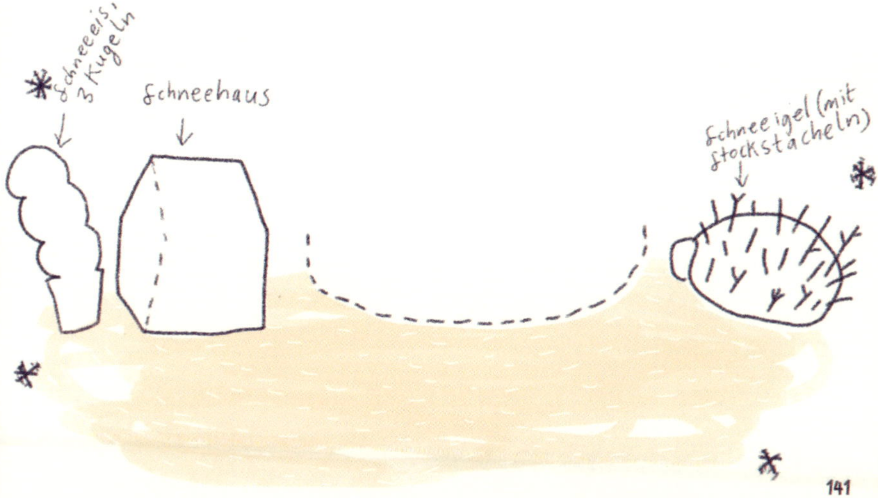

Spinnennetz

Spanne mit einem Wollknäuel ein Spinnennetz durchs Kinderzimmer.

Vom Stuhl, zum Regal, zur Lampe und so weiter.

Geht auch gut in Wald oder Garten oder draußen im Hof.

Schneckarium

Leih dir für ein paar Tage eine Schnecke aus dem Garten aus und bau ihr in einer leeren Verpackung ein tolles Schneckarium.

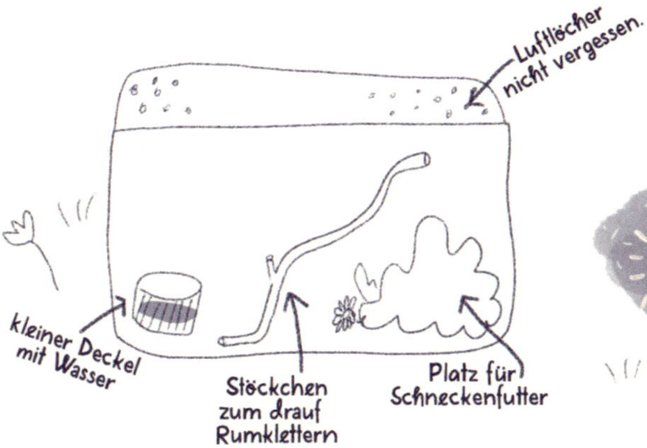

Nicht vergessen: Nach einer Weile unbedingt wieder freilassen. Schnecken sind genauso wild wie du und genießen ihre Freiheit draußen in der Wildnis.

Sternegucken

Den Großen Wagen
und Kassiopeia,
die kennt doch jeder.

Guck in den Nachthimmel
und denk dir eigene
Sternbilder aus.

Hier kannst du deine
eigenen Sternbilder hinmalen:

die
Kleine
Weihnachtstanne

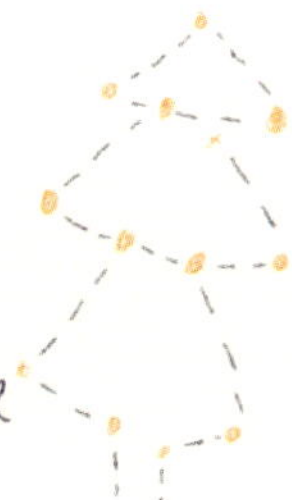

Verwandle diese Kleckse in Tiere.

Mal mehr Kleckse.
Und mehr Tiere!

Tattoos!!

Verziere deine Arme mit coolen Tattoos.

Mit Kugelschreiber, Kajalstift oder deinem Tuschkasten.

Hier kannst du schon mal üben:

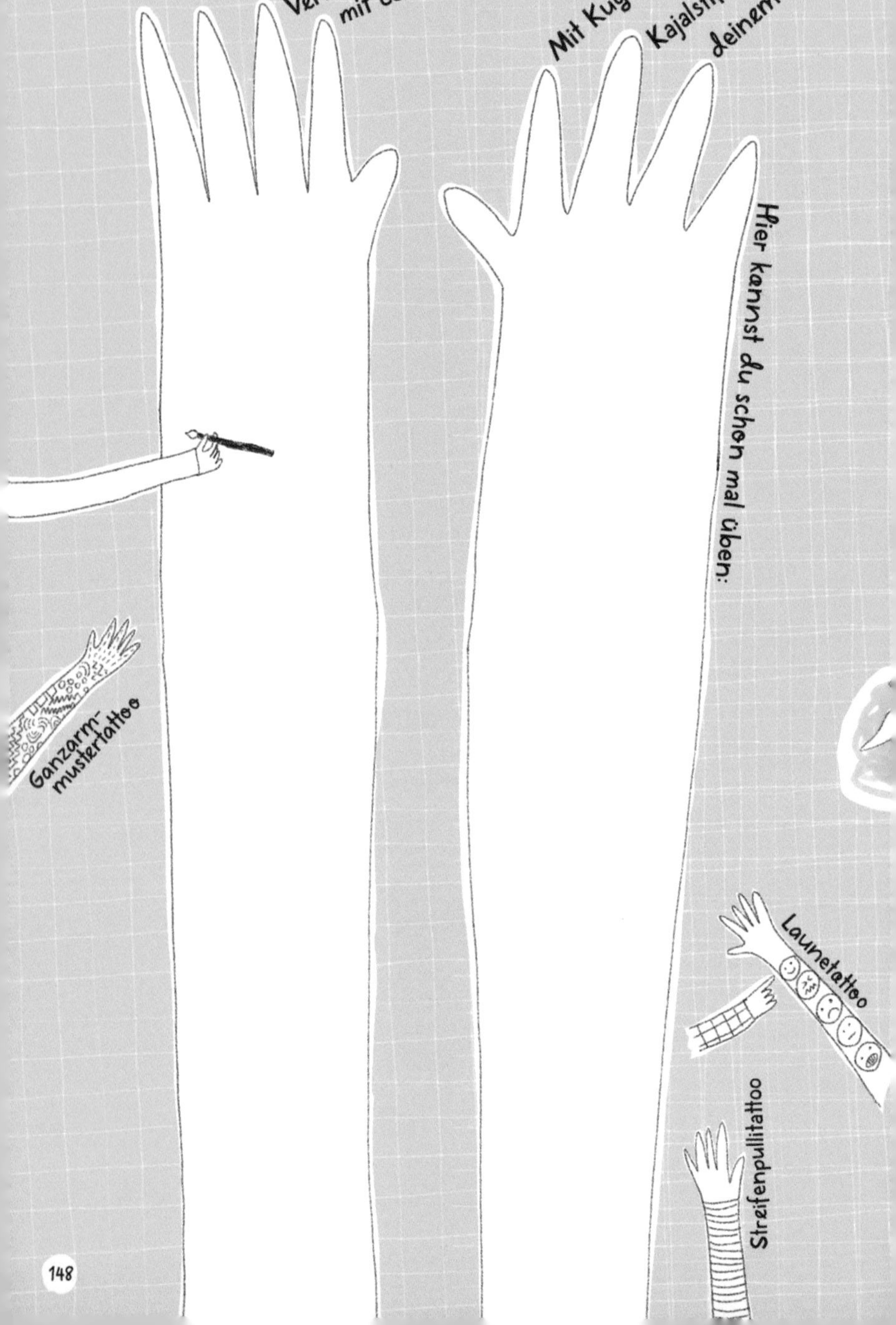

Du bist ein TIER!

Dieses Tier bin ich heute mal:

So heiße ich:

Das esse ich
(mit den Händen!):

So benehme ich mich:

So (ver)kleide ich mich:

Tauschparty

- Jeder bringt ein paar Dinge mit, die er nicht mehr braucht oder die nicht mehr passen.
- Je mehr Kinder mitmachen, desto besser.
- Dinge, die man gut tauschen kann: Klamotten, Spielsachen, Bücher!
- Das, was keiner haben will, muss der Mitbringer wieder mit nach Hause nehmen.

Das brauch ich nicht mehr:

Dagegen hab ich es eingetauscht:

Taschenlampenexkursion

Finde die gruseligsten Schattenmonster!

- ☐ im Keller
- ☐ im Garten
- ☐ in der Wohnung

Meine besten Schattenmonster:

Andere interessante Entdeckungen:

So gruselig war es:

- ☐ gar nicht
- ☐ ein bisschen
- ☐ total gruselig!

TOTAL fiese lustige Schimpfwörter

Kochtopf-dulli!

Warzenschweiniger Schleimdingsdabums!

U-Boote, überall U-Boote!

(Und andere Unterwasserdinge kannst du hier natürlich auch hinzeichnen...)

U-Brot. (mit Käse!)

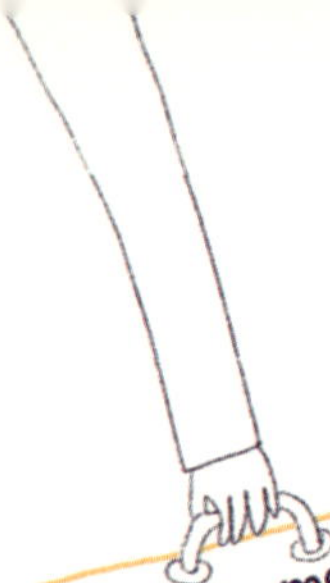

Urlaub im Schrank?

Das packe ich in meinen Koffer:

Man muss nicht weit weg fahren, wenn man verreisen will. Man kann auch im Keller, in Omas Garten oder auf dem Spielplatz Urlaub machen.

Pack den Koffer und mach 'ne kleine Reise. Jetzt.

Mein Reisetagebuch

Das ist mein Urlaubsziel:

So gefällt es mir hier:

So bin ich hergekommen:

So lange bin ich geblieben:

Das hab ich erlebt:

Dieses Souvenir bringe ich mit:

Und zwar für:

Nicht vergessen:

Urlaubsfotos machen.

Postkarte schreiben.

Uuuuuurgs, Glibberknete!

Du brauchst: Handcreme, Glitter und Speisestärke

Löffle ein paar Löffel Handcreme in eine Schale. Füge dann nach und nach die Speisestärke dazu. Und etwas Glitter natürlich.
So lange rühren und durchkneten, bis eine richtig gute Pampe entstanden ist.

Unheimlich ...

Verwandle das nette Gesicht mit Stiften, Farbe, Schere, Kleber, Aufklebern in das unheimlichste Gruselgesicht, das du dir vorstellen kannst.

Zeichne hier ein paar **superaggressive**, total ansteckende Viren.

NEIN! Nicht VIEREN!!!!!

Verkaufsautomat

Du brauchst: einen großen Pappkarton, Pappreste, Kleber, Schere, Farbe zum Anpinseln, Papier

Das darf am Automaten nicht fehlen:

- verschiedene Schalter und Drehknöpfe aus Pappe (Braucht man nicht, sehen aber gut aus!)
- Klorolle (praktisch für deine Stifte als Stifthalter)
- Papierablage
- Schlitz für Geld
- Schlitz für Ausgabe der Zeichnung, der Limonade ...
-
-
-
-

Das will ich mit meinem Automaten verkaufen:

Automatenideen:

Limonadenautomat
Passbildautomat
Überraschungsautomat
→
→

So soll mein Automat aussehen:
(Entwurfsskizze zeichnen)

Bau deinen Verkaufsautomaten an einer geeigneten Stelle auf, und dann: Gute Geschäfte!

Voll vielseitige variable Vorlage

Diesen Würfel kannst du für mehrere Ideen in diesem Buch benutzen.

Abpausen und losbasteln

Du kannst dir ganz einfach eine eigene Vorlage für diesen Würfel in verschiedenen Größen herstellen: Zeichne die Grundform dafür einfach auf Karopapier ab. Wenn du die Seitenlängen kürzer machst, ist dein Würfel später kleiner. Machst du sie länger, erhältst du natürlich einen größeren Würfel. Den kannst du dann zum Beispiel als Verpackung benutzen oder als Schachtel für Schnickschnack.

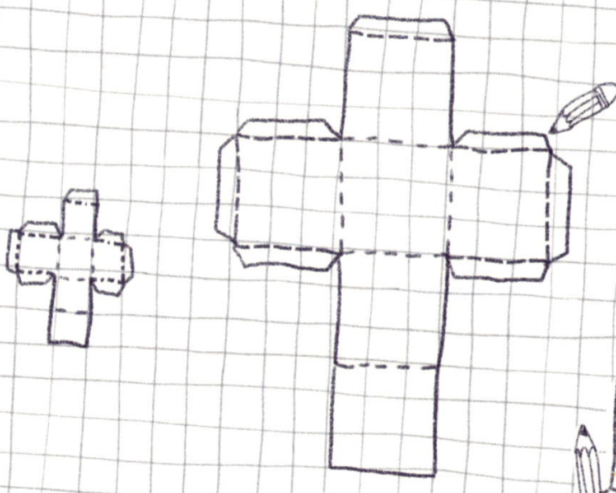

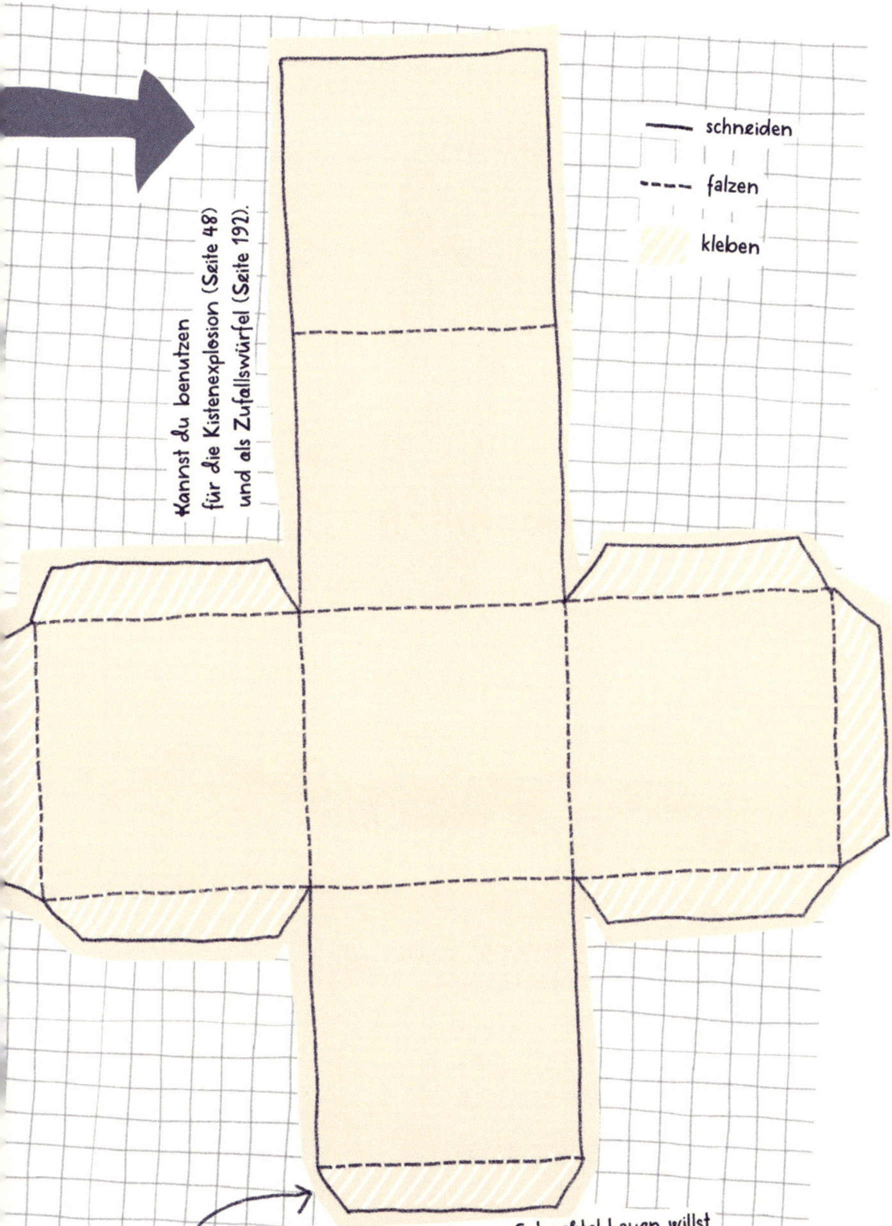

Hier nicht kleben, wenn du eine Schachtel bauen willst
(sonst kriegt man die ja nicht auf).

Verkleinern
*Kletter in einen Karton oder einen Koffer:
Wie klein kannst du dich zusammenklappen?
Passt du auch in ein Regalfach?
So klein kann ich mich zusammenklappen:
Länge: ___ cm
Höhe: ___ cm
Breite: ___ cm

VERGRÖßERN

Gut für den Winter.

Wie viele Schichten Klamotten schaffst du übereinander anzuziehen?

Für mich:

Für meine Familie:

Für den Rest der Welt:

Wünsch Wünsch:

Wackelpudding-Experimente

ACHTUNG, heiß!
Pass auf deine Pfoten auf!

So geht das: Bereite den Wackelpudding nach Packungsanleitung zu.

Und dann geht's los mit Experimentieren! Wackelpudding kannst du in alle möglichen Formen füllen und fest werden lassen.

Sieht auch lustig aus, wenn du Gummibärchen oder Lakritze hineinwirfst.

Und das Beste: Sobald es abgekühlt ist, kannst du dein Experiment genüsslich verspeisen.

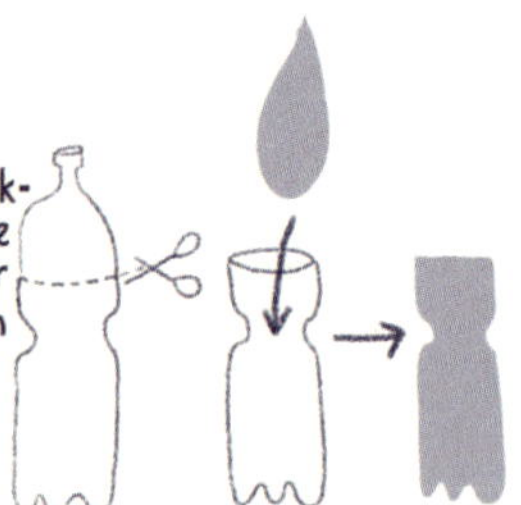

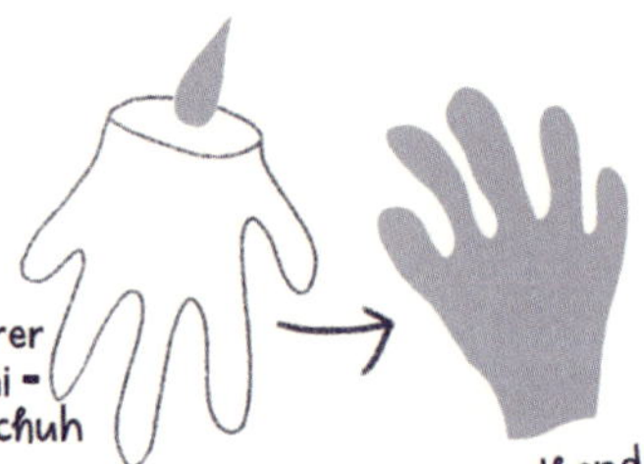

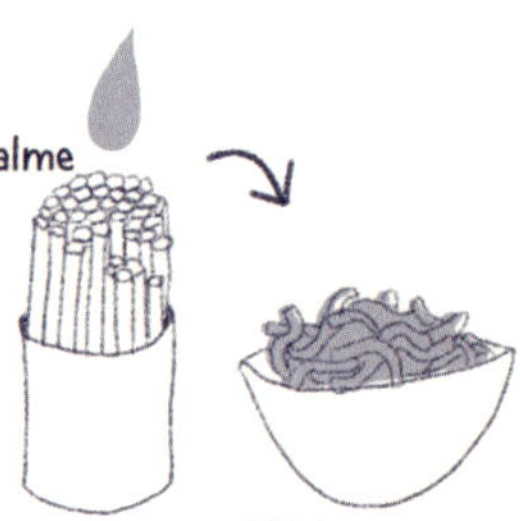

Wolke

Warum solltest du dir eine Wolke basteln?
Ganz einfach: Wolken sind toll. Jeder braucht eine!

Bau dir eine große Wolke aus Pappe.
Du kannst sie anmalen oder mit Watte bekleben
oder Tropfen unten dranklelben …

Das ist meine Wolke

Wie viele Leute kennst du eigentlich???????

Notiere die Namen von allen Leuten, die du kennst.

Familie
Verwandte
Bekannte

Welt verbessern

Was stört dich, was findest du ungerecht?
Wovon sollte es mehr geben und wovon weniger?
Was könntest DU tun, um etwas zu ändern?

ungerecht

stört mich

könnte ich tun

weniger

mehr

Wildes T-Shirt

Du brauchst: ein altes T-Shirt, das nicht mehr so gut passt, und eine Schere.

1. Leg das T-Shirt vor dir auf den Tisch und schneide mit der Schere bis kurz über Bauchnabelhöhe Fransen hinein.

2. Wenn du dann rumrennst, flattern die Fransen wild durch die Gegend. Du kannst die Fransen auch verknoten oder flechten, ganz wie es dir gefällt.

WUT!

Schnapp dir einen Stift, und dann lass alles hier raus.

KRAWUMM!

Hier auf JEDEN FALL NIX hinkrixeln. 

Hier auch nicht!

Nein!

Stopp! Aufhören!

Lass das!

Wehe, wehe!

Beim X liegt der Schatz!

Pack einen kleinen Schatz in eine leere Blechdose und verbuddel sie im Park.

Zeichne eine Schatzkarte.

Wenn du das Papier mit Tee oder Kaffee bemalst, die Ecken mit den Fingern abknibbelst, und es dann trocknen lässt, bevor du es vollschreibst, sieht es noch schatzkartiger aus.

Gib die Schatzkarte einer Freundin und lass sie den Schatz finden.

EXXXXtraeinfache Alarmanlage
fürs Kinderzimmer

Du brauchst: einen Flummi (oder mehr, dann wird's noch hüpfiger), Pappe, Klebeband, Schnur

HeXensuppe

Du brauchst: einen großen Topf oder eine Tonne und Wasser.

Alles reinwerfen, was du im Garten findest: Blätter, Sand ... Rühren nicht vergessen.

XXL-Mandala

Leg draußen oder in deinem Zimmer ein richtig großes Mandala aus Krimskrams. Wie groß wird es?

Gut geeignet: Spielzeug, Besteck, Gartenwerkzeug, Blätter, Gartenschlauch, Blumen, Steine, Sandkistenspielzeug, und, und, und …

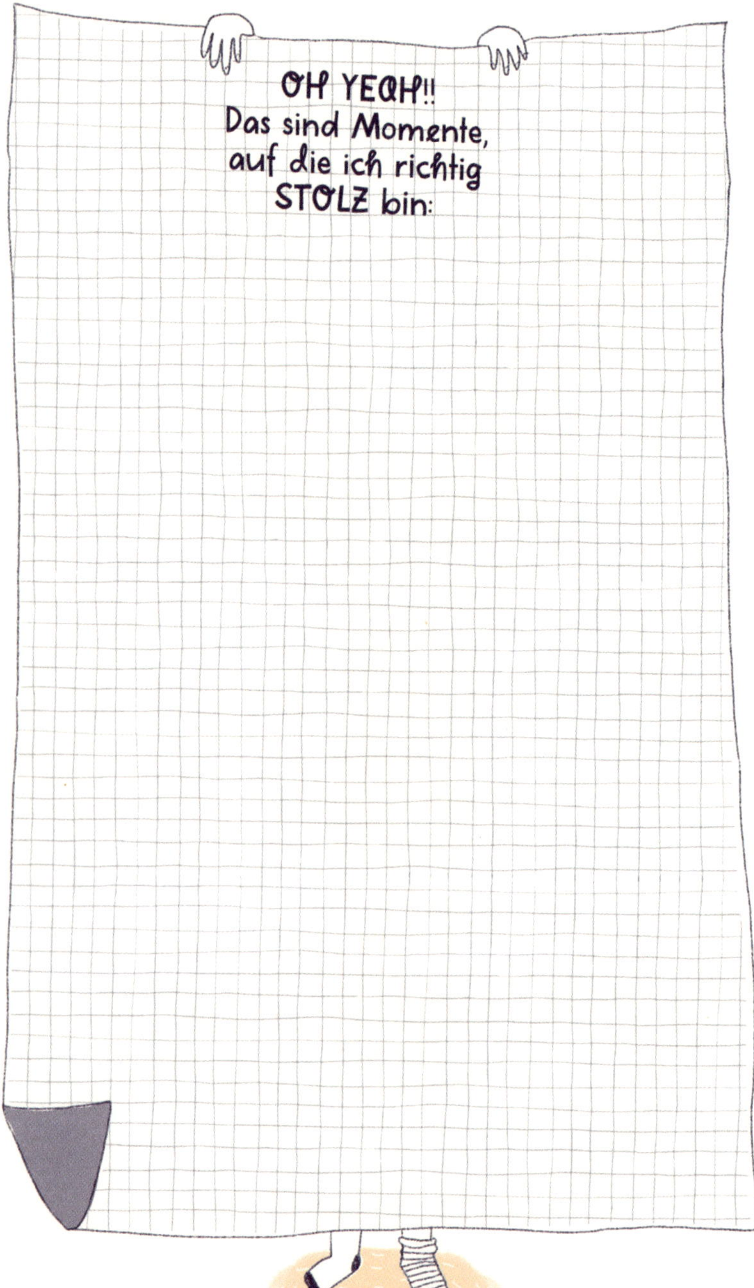
OH YEAH!!
Das sind Momente,
auf die ich richtig
STOLZ bin:

Erfinde ein paar witzige Yogaübungen!

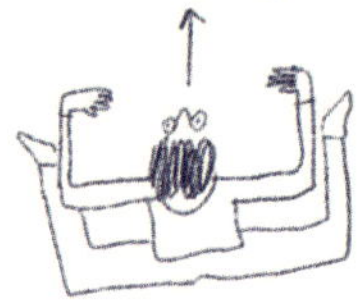

Die aufwärts schauende Mikrowelle

Das pupsende Känguru

Rette das YPSILON!

Es gibt einfach zu wenige Wörter mit einem Y am Anfang. Das musst du DRINGEND ändern. Denk dir ein paar neue aus und notier auch, was sie bedeuten könnten.

Wort	Bedeutung

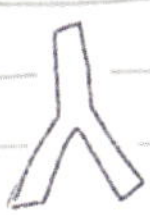

Y-Papierknüddelkatapultschleuderdings

Du brauchst: Astgabel, Messer, Gummiband, Papier

Finde einen Ast, der so aussieht, und schneide ihn zurecht, bis er aussieht wie ein Y.

Leg dir einen kleinen Vorrat Papierknüddelchen an.
(Oder besser gleich einen großen!!)

Befestige hier ein Gummiband.

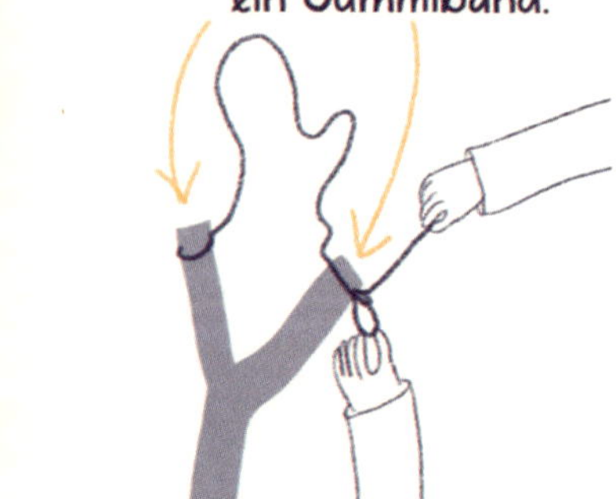

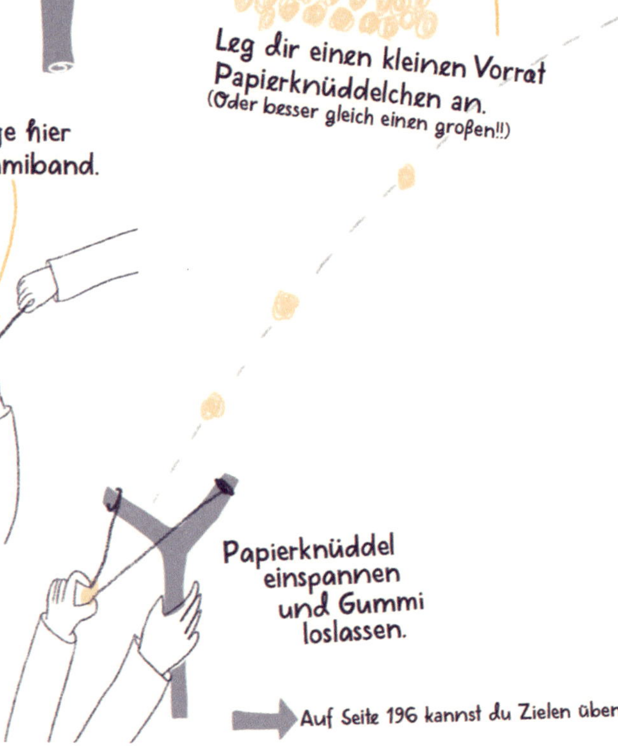

Papierknüddel einspannen und Gummi loslassen.

Auf Seite 196 kannst du Zielen üben!

Partypaket

Pack eine Party in einen Karton und verschenk sie an jemanden, der gerade etwas Aufheiterung gebrauchen kann.

Ideen: Partyhütchen, Girlanden, Konfetti, einen kleinen „Kuchen"

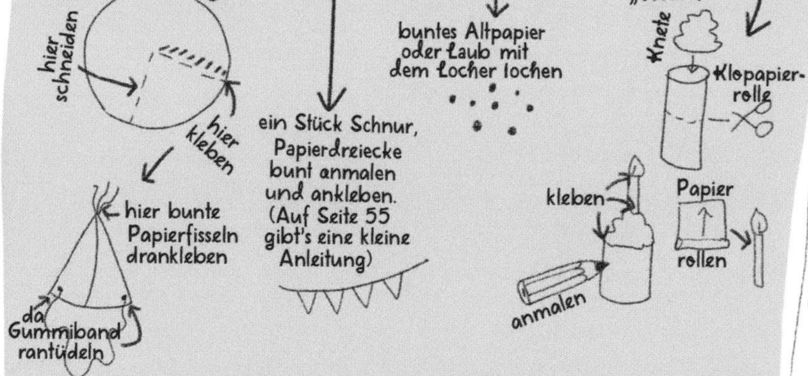

Das kommt in mein Partypaket:

Und wer soll's bekommen?

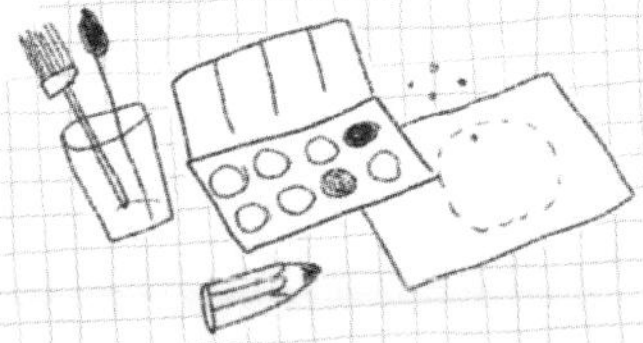

Streifen, immer nur Streifen!
Die Zebras haben die Schnauze voll.
Male ihnen neue, bunte Muster!

Streifen sind doof.

Zufallserwürfelungen

Soll ich wirklich Saft ins Müsli kippen? Soll ich diesen Strumpf als Handschuh anziehen? Soll ich 20 Minuten lang jodeln?

➡ Bau dir einen Würfel (Anleitung Seite 164), beschrifte ihn und würfele dich durch den Tag.

Ideen für die Beschriftung:

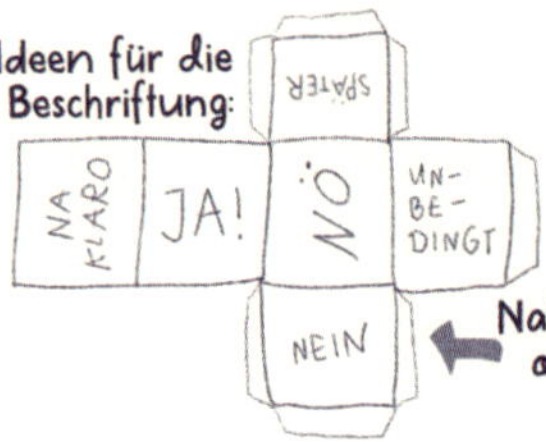

⬅ Natürlich kannst du auch andere Wörter benutzen!

Meine erwürfelten Zufallsentscheidungen:

lustig	sonderbar	zum Piepen	fürchterlich

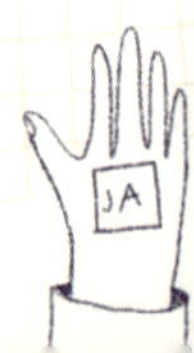

Zeitflaschenpost

Du brauchst: eine stabile Flasche mit Schraubverschluss oder eine verschließbare Blechdose.

Pack ein paar Schätze oder einen Brief an dich selbst ein und verbuddel deine Flaschenpost im Garten.

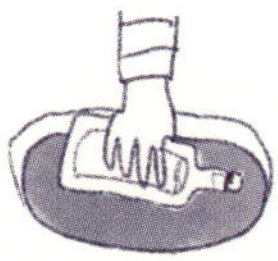

Ganz wichtig: Schatzkarte zeichnen, damit du sie später auch wiederfindest! (S. 180)

Zuckerjuwelen

Du brauchst: 1 leeres sauberes Marmeladenglas, 1 Tasse Wasser, 3 Tassen Zucker, Kochtopf, Bindfaden, etwas zum Befestigen des Bindfadens und: Geduld

ACHTUNG MEGA HEISS!!! Lass dir unbedingt von einem Erwachsenen helfen.

1 Die Gläser vorbereiten
Fülle ein sauberes Marmeladenglas mit heißem Wasser (damit es später beim Befüllen mit der Lösung nicht zerplatzt).

2 Den Sirup kochen
Lasse 1 Tasse Wasser mit 3 Tassen Zucker in einem Topf so lange auf dem Herd kochen, bis der Zucker sich komplett aufgelöst hat.

3 Das Glas füllen
Kipp das Wasser weg und die heiße Lösung ins Marmeladenglas.

4 Nun hängst du einen Faden ins Glas.

5 Waaaaaaaaaaarten
Wenn es abgekühlt ist, stell dein Glas an einen Platz, an dem es ungestört lange rumstehen kann. Es ist nämlich wichtig, dass es absolut nicht bewegt wird, damit der Kristall in Ruhe wachsen kann. Nun musst du warten.
Nach ein paar Tagen beginnt der Kristall zu wachsen.

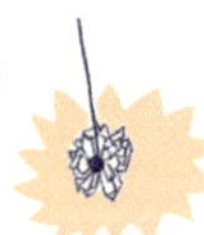

Der Kristall ist nach etwa einer Woche fertig oder genau dann, wenn du findest, dass er groß genug ist.

Zweckentfremden

Schnapp dir einen alltäglichen Gegenstand
und gib ihm eine neue Aufgabe.

Aus einer Mausefalle kannst du eine super Pinnwand bauen,
indem du mehrere geschlossene Mausefallen mit Holzleim oder mit
doppelseitigem Klebeband auf eine Holzplatte klebst.

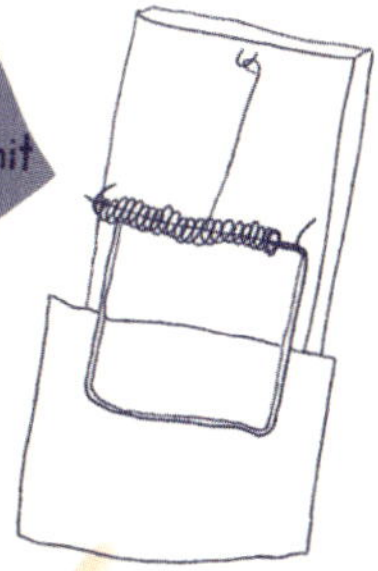

Mein
Gegenstand:

Daraus wird:

Aus einem verbogenen Löffel kannst du
einen Kerzenständer bauen.

Zielen

Hier kannst du deine Schleuder von Seite 188 ausprobieren. Pinsele Papierknüddel mit Wasserfarbe an und schleuder sie in nassem Zustand auf diese Zielscheibe. Dann erhältst du ein schönes wildes Bild.

ZIEMLICH viele eigene Ideen

Das alles möchte ich bald ausprobieren:

→ Rückenschwimmen mit den Füßen voran
→ alle Puppenklamotten waschen
→ mein eigenes Müsli mixen
→ mir 17 bis 23 Zöpfe flechten (besonders lustig bei Kurzhaarfrisuren!)
→ mein ganzes Taschengeld jemandem spenden, der es braucht
→
→
→
→
→

Noch mehr wilde Ideen, die mir so eingefallen sind:

Leere Seite zum Vollkritzeln, oder
zum Rausreißen, falls du mal 'ne fixe Idee hast
oder dringend einen Papierflieger falten musst.

ALLES ERLEDIGT?!

☒ eine CHECKLISTE

- ☐ mit geschlossenen AUGEN gemalt
- ☐ ANGEFANGEN
- ☐ ASTRONAUTINNENtraining absolviert
- ☐ AMEISENachterbahn gebaut
- ☐ ALLEINE was gemacht
- ☐ und ACTION Film gedreht
- ☐ beste BERGsteigerin gezeichnet
- ☐ BEST OF Aua: Liste gemacht
- ☐ BONBONverstecker gebaut
- ☐ BARFUßPFAD eingerichtet
- ☐ BAUMlochBRIEFkasten benutzt
- ☐ BANDE gegründet
- ☐ COOLness gezeichnet
- ☐ ordentlich geCHILLT
- ☐ CHEFköchin gewesen
- ☐ als CHIRURGIN gearbeitet
- ☐ CHAMÄLEON gewesen
- ☐ DURCHgestrichen
- ☐ DURCHgehalten
- ☐ „DREI gewinnt" gespielt
- ☐ DENKMAL errichtet
- ☐ DETEKTIVarbeit geleistet
- ☐ DRECK gesammelt
- ☐ EKELliste geführt
- ☐ herausgefunden, dass EIGENLOB nicht stinkt
- ☐ EkelEIS zubereitet
- ☐ einen EISberg hergestellt
- ☐ eine EXPLOSION gebastelt
- ☐ FHELER gefunden
- ☐ FREILUFT geschlafen
- ☐ geFLEDERMAUST
- ☐ FLOHMARKT veranstaltet
- ☐ FAHRRADstraße entworfen
- ☐ Fröhlich geFLUNKERT
- ☐ geGRINST
- ☐ GEHEIMsprache ausgedacht
- ☐ GAUNERzinken gezeichnet
- ☐ GEHEIMversteck eingerichtet
- ☐ GEHEIMNISSE versteckt
- ☐ HAARE gemalt
- ☐ HELDENgeschichte notiert
- ☐ Ganz HOCH oben gepicknickt
- ☐ HÄNGEMATTE gebaut
- ☐ IGELN Stacheln verpasst

- [ ] INGENIEURIN geworden
- [ ] IMAGINÄREN Freund gefunden
- [ ] JUTTAS Juwelen gekritzelt
- [ ] JUBELtanzchoreografie entworfen
- [ ] JURTE gebaut
- [ ] KONFETTI hergestellt
- [ ] KRANKHEIT und Heilmittel erfunden
- [ ] etwas KAPUTT gebaut
- [ ] KARTOFFELN getauscht
- [ ] KÄFERbegräbnis durchgeführt
- [ ] Klitzekleine KNUSPERpizza gebacken
- [ ] gemopsten LOLLI gefunden
- [ ] LAUT gewesen!
- [ ] LÖCHER gestopft
- [ ] LEGOmöbel entworfen
- [ ] Li-La-LAUNEUHR gebaut
- [ ] MOND besiedelt
- [ ] MAGNETangel benutzt
- [ ] MÜLLschätze gefunden
- [ ] MUTprobe bestanden
- [ ] MURMELbahn entworfen
- [ ] MUND aufgemacht
- [ ] NEIN gesagt
- [ ] NOTIZhefte gebunden
- [ ] NOTFALLkiste eingerichtet
- [ ] NACHTeule gewesen
- [ ] lauter O-Gesichter gemalt
- [ ] OLYMPIADE veranstaltet
- [ ] jemandem einen OHRWURM verpasst
- [ ] OMAgesittet
- [ ] gekocht wie ein OGER
- [ ] PLÄNE geschmiedet
- [ ] PFLANZE gerettet
- [ ] PIRATENstulle geschmiert
- [ ] PARCOURS durchklettert
- [ ] POLITIK gemacht
- [ ] PARADIESVOGELEXPERIMENT durchgeführt
- [ ] QUATSCHnotizen
- [ ] QUALITÄTSSCHUMMELEI gebastelt
- [ ] Totalen QUARK identifiziert
- [ ] QUASSELstrippe gebaut
- [ ] QUASSELstrippe gewesen
- [ ] REISEpläne geschmiedet
- [ ] REGAL gebaut
- [ ] RAKETE gestartet
- [ ] REPORTAGEN geschrieben
- [ ] REGENspaziergang gemacht
- [ ] RAD aufgemotzt
- [ ] SCHLINGELschlangenwörter ausgedacht

☒ Alles erledigt?

- ☐ SPIELPLATZ in eine Dose gesperrt
- ☐ SPAZIERGANGspezialistin geworden
- ☐ SCHIMMELexperiment durchgeführt
- ☐ SCHNEEgenstände gebaut
- ☐ SPINNENnetz gesponnen
- ☐ SCHNECKARIUM eingerichtet
- ☐ STERNbilder erfunden
- ☐ TIERE ausgedacht
- ☐ TATTOOS gemalt
- ☐ TIER gewesen
- ☐ TAUSCHparty veranstaltet
- ☐ TASCHENLAMPENexkursion überstanden
- ☐ TOTAL fiese lustige Schimpfwörter ausgedacht
- ☐ U-BOOTE gekritzelt
- ☐ im URLAUB gewesen
- ☐ UUUUUURGS. Glibberknete hergestellt
- ☐ ULTRA-UNHEIMLICHes Monster gemalt
- ☐ VIREN gezeichnet
- ☐ VERKAUFSautomat gebaut und aufgestellt
- ☐ mich VERKLEINERT
- ☐ mich VERGRÖßERT
- ☐ ganz viel geWÜNSCHT
- ☐ mit WACKELpudding experimentiert
- ☐ 'ne WOLKE gebaut
- ☐ WIRKLICH viele Namen notiert
- ☐ die WELT verbessert
- ☐ ein WILDES Shirt geschnibbelt
- ☐ meine WUT rausgelassen
- ☐ niX gekrixelt
- ☐ beim X 'nen Schatz versteckt
- ☐ eXXXXtraeinfache Alarmanlage gebaut
- ☐ HeXensuppe gekocht
- ☐ XXL-Mandala gelegt
- ☐ YEAH-Momente notiert
- ☐ YOGAübungen ausgetüftelt
- ☐ das Y gerettet
- ☐ eine Y-Papierknüddelkatapultschleuder gebaut
- ☐ ein PartYpaket verschickt
- ☐ ZEBRAS neu bemustert
- ☐ ZUFÄLLE herausgefordert
- ☐ ZEITflaschenpost verbuddelt
- ☐ ZUCKERjuwelen gezüchtet
- ☐ etwas ZWECKentfremdet
- ☐ ZIELscheibe ausprobiert

URKUNDE

_ _ _ _ _ _ _ _ _ _ _

(dein Name)

hat ☐ fast alles ☐ alles erledigt.

SUPER!!

__________ ____________________

Datum Unterschrift

DANKE Lise, Louisa, Mia, Kläre, Matilda, Clara, Lily, Melodie, Georgina, Frida, Enna, Victoria, drei Ninas, Virginia, Katrin, Hannah, Johanna, Katharina, Rike, Marlene, Ulrike und Chris <3

ICH BIN
SUPER